Abgrundtief

Ein Fall für Suna Lürssen

von Kerstin Wassermann

edition elibresca

Über das Buch:

»*Tempus fugit.*«

Als die unbekannte Frau diese beiden Worte flüstert, kurz bevor sie in ihren Armen stirbt, ist Henrike Brandt zutiefst schockiert. Denn es ist nicht das erste Mal, dass sie diesen Ausspruch hört: Nur drei Tage zuvor hat ihr Bruder exakt dieselben Worte gesagt, bevor er nach einem schweren Sturz ins Koma gefallen ist.

Völlig verstört beauftragt Henrike die Lübecker Privatdetektivin Suna Lürssen. Sie soll nicht nur herausfinden, was mit dem Ausspruch gemeint ist, sondern auch, welchen Zusammenhang es zwischen den beiden vermeintlichen Unfällen gibt.

Umgehend nimmt Suna die Ermittlungen auf. Doch keine der beiden Frauen ahnt etwas von der tödlichen Gefahr, die auf sie lauert ...

Abgrundtief

Ein Fall für Suna Lürssen

von Kerstin Wassermann

ISBN: 9781520129051
Independently published

Der Mensch ist ein Abgrund:
Es schwindelt einen, wenn man hinabsieht.

Ludwig Büchner

Montag, 10. Oktober

»Das hat mir gerade noch gefehlt.«

Fröstelnd zog Henrike Brandt ihre Jacke enger um sich und schlang die Arme um ihren Oberkörper, als sie das Krankenhaus verließ und in Richtung Parkplatz ging. Dichter Nebel hatte sich über die Stadt gelegt. Das Licht der Straßenlaternen erreichte kaum den Boden, und die Sträucher und Bäume, die den Gehweg säumten, waren in den grauweißen Schwaden nur schemenhaft zu erkennen.

Henrike warf einen kurzen Blick auf ihre Uhr.

»Mist, schon so spät«, murmelte sie leise.

Eigentlich hatte sie vorgehabt, nach ihrem Besuch im Krankenhaus noch ein paar Lebensmittel einzukaufen und die gähnende Leere in ihrem Kühlschrank zu beseitigen, aber das musste sie wohl auf den nächsten Tag verschieben. Irgendetwas Essbares würde sie in ihrer Wohnung schon noch auftreiben, um nicht hungrig ins Bett gehen zu müssen. Was das war, interessierte sie eigentlich gar nicht, denn sie würde ohnehin nicht mit Appetit essen können. Selbst Lasagne, ihr Lieblingsgericht, schmeckte in den letzten Tagen nur noch wie Pappe. Im Grunde aß sie nur noch ab und zu etwas, damit sie die Kraft hatte, den nächsten Tag zu überstehen – und die nächste Nacht.

Die offizielle Besuchszeit war längst vorbei, aber sie hatte es einfach nicht geschafft, sich eher von Leons Krankenbett loszureißen. Zum Glück waren die Angestellten des Krankenhauses nicht auf die Idee gekommen sie rauszuwerfen, als es immer später und später geworden war. Anscheinend hatten die Schwestern und Pfleger ein feines

Gespür für ihre Patienten und deren Angehörige. Sie mussten gemerkt haben, wie wichtig ihr die gemeinsame Zeit mit ihrem Bruder war – und ihm hoffentlich auch.

Energisch zwinkerte sie die Tränen weg, die ihr beim Gedanken an Leons Anblick sofort wieder in die Augen stiegen. Sie konnte es kaum ertragen, ihn so hilf- und wehrlos zu sehen. Normalerweise sprühte er vor Energie, manchmal sogar so sehr, dass er ihr mit seiner Rastlosigkeit gehörig auf die Nerven ging.

Jetzt jedoch verspürte sie Gewissensbisse wegen jedes bösen Wortes, das sie ihm deswegen jemals an den Kopf geworfen hatte, und sie schämte sich für jedes demonstrative, genervte Augenrollen. Nichts wünschte sie sich sehnlicher, als ihn noch einmal genau so fröhlich, unbekümmert und unternehmungslustig um sich zu haben, wie er immer gewesen war.

Aber würde er das jemals wieder sein?

Nie wieder würde sie ihm einen seiner derben Scherze übelnehmen, schwor sie sich. Nie wieder wäre sie von seinen Kaspereien genervt, wenn er nur endlich aufwachen würde!

Sie unterdrückte ein Schluchzen.

Sie hatte die drei schlimmsten Tage ihres Lebens hinter sich, und das Gefühl, keine Kraft mehr zu haben, wurde von Minute zu Minute stärker. Wenn sie bei Leon war und seine Hand hielt, ihm etwas erzählte oder ihm einfach nur etwas vorlas schaffte sie es erstaunlicherweise, ganz ruhig zu bleiben, zu lächeln und ihrer Stimme einen unbefangenen Ton zu verleihen. Doch sobald sie die Tür des Krankenzimmers hinter sich schloss, fühlte sie sich so ausgelaugt, als würde sie jeden Augenblick zusammenbrechen.

Sie musste mit ihrer Energie haushalten, das wusste sie. Sonst würde sie nicht mehr lange durchhalten.

Noch am Freitagmorgen war alles ganz anders gewesen. Sie war bester Laune aufgestanden und hatte sich auf ein entspanntes Wochenende gefreut, nachdem sie erst am Donnerstagabend aus Stockholm zurückgekommen war. Dort hatte sie ein paar Tage bei ihrer besten Freundin Silja verbracht, die erst wenige Monate zuvor Mutter geworden war.

Für den Abend hatte sie sich mit Leon zum Essen verabredet gehabt. Sie wollte ihm von ihrem Kurzurlaub erzählen und ihm natürlich die Fotos präsentieren, die sie in Schweden gemacht hatte. Voller Vorfreude hatte sie außerdem Pläne für die nächsten Tage geschmiedet. Immerhin hatte sie noch für die ganze nächste Woche Urlaub eingereicht und sich fest vorgenommen, jeden Tag in vollen Zügen zu genießen.

Auch jetzt noch war sie erleichtert darüber, in den kommenden Tagen nicht arbeiten zu müssen. Allein die Vorstellung, jeden Tag in der Buchhandlung mit nichtsahnenden Kunden über vollkommen belanglose Bücher zu reden und dabei auch noch interessiert und freundlich zu wirken, erschien ihr völlig absurd.

Denn der Anruf hatte alles geändert.

Seit an jenem Freitagmorgen ihr Telefon geklingelt hatte und ihr die nüchterne, beinahe schon unterkühlt wirkende Stimme eines Arztes mitgeteilt hatte, dass sich ihr Bruder bei einem Sturz schwere Kopfverletzungen zugezogen hatte, fühlte sie sich wie in einem Albtraum gefangen. Das Bild von Leons blassem Gesicht unter dem dicken Kopfverband würde sie wahrscheinlich nie wieder aus dem Gedächtnis bekommen, genauso wenig wie die betretenen Mienen der Ärzte, die sie über Leons Zustand aufgeklärt hatten.

Doch noch viel schlimmer als alles andere war die Ungewissheit darüber, was die Zukunft bringen würde. Keiner der Ärzte hatte eine Prognose abgeben wollen, ob ihr Bruder jemals wieder aufwachen würde.

Verzweifelt biss Henrike die Zähne aufeinander. Sie wollte die Hoffnung auf keinen Fall aufgeben, aber besonders zuversichtlich hatten die Ärzte nicht gewirkt. Und bisher – nach immerhin drei Tagen – hatte sich Leons Zustand noch in keiner Weise verbessert. Nach allem, was sie bisher gehört und gelesen hatte, war das kein gutes Zeichen.

»Das wird schon noch«, versuchte Henrike sich selbst Mut zuzusprechen. »Er wacht bestimmt wieder auf, und dann ist alles genauso wie früher. Du musst Geduld haben, das ist alles. Er braucht einfach nur ein bisschen mehr Zeit.«

Doch leider klangen ihre Worte selbst in ihren eigenen Ohren nicht sehr überzeugend.

Während sie weiterging, fühlte sie sich seltsam leer und kraftlos. Fast so, als ob sie nie wieder in ihrem Leben würde lachen können.

Ein spitzer Schrei riss sie aus ihren Gedanken, gefolgt von einem merkwürdigen dumpfen Geräusch.

Abrupt blieb Henrike stehen.

Sie blickte verwirrt in die Richtung, aus der die Geräusche gekommen sein mussten, konnte aber nichts erkennen. Im dichten Nebel sah sie nur ein paar dichte Sträucher, die an beiden Seiten des gewundenen Gehwegs wuchsen und ihr die Sicht auf den Parkplatz verdeckten.

Das Quietschen durchdrehender Autoreifen holte sie aus ihrer Erstarrung.

»Oh mein Gott!«, wisperte sie, während sie in Richtung Parkplatz hastete. »Bitte nicht!«

Das hatte sich nicht gut angehört.

Gar nicht gut!

Innerlich machte sich Henrike darauf gefasst, dass sie ein schrecklicher Anblick erwarten würde. Sie wusste selbst nicht genau, worauf sie sich einstellen sollte, aber ihr Gefühl sagte ihr, dass es etwas Schlimmes sein musste.

Doch als sie am Parkplatz ankam, war er menschenleer. Nichts bewegte sich zwischen den wenigen abgestellten Autos, und es waren weder Stimmen noch andere Geräusche zu hören.

»Vielleicht ist ja gar nichts passiert«, sagte sie leise. Vielleicht hatte es sich ja nur nach einem Unfall angehört und derjenige, der den Schrei ausgestoßen hatte, war im letzten Augenblick noch weggesprungen, bevor ihn das Auto erfasst hatte.

Sie hoffte sehr, dass es sich so zugetragen hatte. Aber vorsichtshalber ging sie mit langsamen Schritten über den Parkplatz, wobei sie mit den Augen den Boden absuchte. Der dichte Nebel und die Dunkelheit erschwerten die Suche. Mehr als ein paar Meter weit konnte sie unter diesen Bedingungen kaum sehen.

Sie schluckte, als ihr Blick neben einem geparkten Lieferwagen eine dunkle, reglose Silhouette streifte. Durch die dichten Nebelschwaden, die über den Boden waberten, konnte sie anfangs nicht genau sehen, worum es sich handelte. Erst beim Näherkommen erkannte sie eine menschliche Gestalt, die seltsam verdreht auf dem Asphalt lag.

»Oh nein!«, wisperte sie entsetzt.

Schnell machte sie ein paar Schritte auf die Person zu und ging neben ihr in die Hocke.

Es war eine junge Frau mit langen schwarzen Haaren, feinen Gesichtszügen und einer zierlichen Figur. Eine Seite ihres Gesichts war von Hautabschürfungen überzogen, und aus ihrer Nase liefen zwei dünne Rinnsale hellroten Bluts.

Henrike legte der Frau vorsichtig eine Hand auf die Schulter.

»Hallo, können Sie mich hören?«, fragte sie. Dabei bemühte sie sich um einen ruhigen Tonfall, aber selbst in ihren Ohren klang ihre Stimme unnatürlich schrill. »Hallo? Sind Sie wach?«

Die junge Frau hielt weiterhin die Augen geschlossen, doch sie stöhnte leise auf und drehte den Kopf ein paar Millimeter in Henrikes Richtung.

Gott sei Dank, sie lebt!, ging es dieser durch den Kopf.

»Bleiben Sie einfach liegen, ich hole Hilfe«, versprach sie eilig. Sie überlegte, ob sie schnell ins Krankenhaus zurückrennen und in der Notaufnahme Bescheid geben sollte, entschied sich aber dagegen. Sie wollte die Frau auf keinen Fall allein auf dem Boden liegenlassen, erst recht nicht in der Dunkelheit.

Wenn sie starb, während niemand bei ihr war ...

Sie zwang sich, den Gedanken nicht zu Ende zu führen. Aber ihr war klar, dass sie nicht weggehen konnte, nicht einmal für eine oder zwei Minuten. Es war sicher besser, den Notruf zu wählen, dachte sie, während sie schon in ihrer Jackentasche nach ihrem Handy tastete.

»Alles in Ordnung bei Ihnen?«, ertönte plötzlich eine tiefe, etwas kratzige Stimme hinter ihr.

Henrike schnellte herum und erblickte einen älteren Mann, der offenbar auch gerade aus dem Krankenhaus gekommen und auf dem Weg zu seinem Wagen war.

»Wir brauchen dringend einen Notarzt!«, sagte sie, dankbar für die Unterstützung. »Bitte laufen Sie in die Klinik und geben Sie dort Bescheid. Hier ist eine Frau angefahren worden, und ich glaube, sie ist ziemlich schwer verletzt!«

Der Mann blickte auf die junge Frau, die immer noch reglos vor Henrike lag. Entsetzen lag in seiner Miene.

»Ja, natürlich«, stammelte er. »Ich hole sofort jemanden.«

Er drehte sich um und lief zurück zum Krankenhaus, während sich Henrike weiter um die Verletzte am Boden kümmerte.

»Es kommt gleich jemand«, versprach sie der Frau, die langsam und mühevoll versuchte, die Augen zu öffnen. »Sie müssen nur noch ein kleines bisschen durchhalten, dann ist jemand hier, der Ihnen helfen kann. Ganz bestimmt.«

Sie bemühte sich, ruhig und zuversichtlich zu klingen, aber ein deutlich hörbares Zittern lag in ihrer Stimme. Verzweifelt blickte sie in Richtung des Klinikeingangs. Aber dort war weder jemand zu sehen, noch waren Stimmen oder Schritte zu hören.

Bitte, beeilt euch!, flehte sie im Stillen. Sie spürte instinktiv, dass die junge Frau nicht mehr viel Zeit hatte. Mit wachsender Angst registrierte sie, dass sie inzwischen nicht nur aus der Nase blutete. Auch aus einem Ohr drang eine dünne rote Spur und versickerte in den langen schwarzen Haaren, die in vom Nebel feuchten Strähnen auf dem Asphalt lagen.

Am liebsten hätte Henrike der Frau ihre Jacke unter den Kopf gelegt, aber sie traute sich nicht, die Verletzte zu bewegen. Auf keinen Fall wollte sie ihr noch mehr Schaden zufügen, als der Zusammenprall mit dem Auto angerichtet hatte.

In einer Mischung aus Angst und Hoffnung blickte sie zum Klinikeingang hinüber.

So langsam musste doch endlich mal jemand kommen und ihr helfen!

Ein gequältes Stöhnen ließ Henrike wieder zu der Verletzten sehen. Die Frau versuchte, den Kopf ein Stück anzuheben und öffnete den Mund, als würde sie etwas sagen wollen. Allein diese winzige Bewegung schien sie beinahe übermenschliche Kraft zu kosten.

»Nicht sprechen«, sagte Henrike. »Später ist noch genug Zeit. Dann können Sie alles sagen, was Sie wollen. Jetzt versuchen Sie einfach, wach zu bleiben, bis Hilfe kommt, ja?«

Sie bemühte sich um ein beruhigendes Lächeln, während sie noch einmal ein Stoßgebet in Richtung Himmel schickte, dass der Notarzt ihr endlich die Verantwortung für die Verletzte abnahm.

Doch die Frau schien unbedingt etwas loswerden zu wollen. Verzweiflung stand in ihren halbgeöffneten Augen, und mit einer Hand griff sie hilflos nach Henrikes Arm.

»Bitte«, keuchte sie erstickt. Ihre leise Stimme war kaum zu verstehen.

Henrike zögerte einen Augenblick lang. Dann beugte sie sich nach unten, bis ihr Ohr ganz dicht vor dem Mund der Verletzten war.

Lange hielt die Frau nicht mehr durch. Ihr Körper erschlaffte nur ein paar Sekunden, bevor Henrike aufgeregte Stimmen hörte, die sich dem Parkplatz näherten. Ihr Kopf sackte ein Stück zur Seite.

Wie paralysiert hockte Henrike weiter neben der Frau und starrte in das blasse, leblose Gesicht, bis sie von zwei starken Händen gepackt, auf die Füße gezogen und sanft ein paar Schritte weggeführt wurde.

»Sie haben das wirklich gut gemacht«, sagte eine sympathische, angenehm ruhige Männerstimme. »Aber ab jetzt übernehmen wir.«

Henrike nickte nur. Sie konnte weder etwas sagen, noch schaffte sie es, ihren Blick von dem schmalen, blassen Gesicht der Frau zu lösen, die jetzt von einem Notarzt und zwei Rettungssanitätern umringt wurde.

Ihr wurde schwindelig. Sie taumelte kurz und war dankbar, dass der ältere Mann, der den Notarzt geholt hatte, ihren Arm ergriff und sie stützte.

Dabei überschlugen sich die Gedanken in ihrem Kopf unaufhörlich. Sie hatte nicht alles verstehen können, was die Frau zu ihr gesagt hatte, aber sie war sich ganz sicher, dass zwei ihrer letzten Worte »*tempus fugit*« gewesen waren.

Dienstag, 11. Oktober

»*Tempus fugit*?«, fragte Suna Lürssen verwundert. »Haben Sie eine Ahnung, was sie Ihnen damit sagen wollte?«

Aufmerksam betrachtete die Privatdetektivin die Frau, die ihr gegenüber in ihrem kleinen Büro in der Lübecker Altstadt Platz genommen hatte.

Wie viele ihrer Klienten machte Henrike Brandt einen nervösen Eindruck. Ihre Finger kneteten unablässig den Gurt ihrer braunen Umhängetasche, ihr Blick huschte unruhig im Raum hin und her und hatte anscheinend Mühe, einen festen Punkt zu fixieren. Sowohl ihre blasse Gesichtsfarbe als auch die dunklen Augenringe wiesen darauf hin, dass sie in den letzten Nächten viel zu wenig Schlaf abbekommen hatte.

Sie wirkte nicht ungepflegt, schien jedoch momentan andere Sorgen zu haben, als sich um ihr Äußeres zu kümmern. Sie war ungeschminkt und hatte die halblangen, dunkelblonden Haare zu einem schlichten Pferdeschwanz zusammengebunden. Auf ihrem eher konservativen Pullover prangte im Schulterbereich ein dunkler Fleck, den sie anscheinend bisher nicht einmal bemerkt hatte.

»Soweit ich weiß, bedeutet es so viel wie *die Zeit entflieht*«, warf Lucia ein, während sie zwei Tassen mit dampfendem Kaffee vor Suna und ihrer neuen Klientin auf den Tisch stellte. Ihr Deutsch war inzwischen fast fehlerfrei, aber ihren Akzent würde sie wohl nie ganz verlieren. »Bei uns sagt man so was, wenn man den Leuten klar machen will, dass sie nicht für immer leben. Sie sollen mit ihrer Zeit sinnvolle Sachen anstellen.«

Seit ein paar Wochen arbeitete die Argentinierin als Sunas Assistentin in deren kleiner Detektei. Kennengelernt hatten sie sich bei einem von Sunas früheren Fällen, in den Lucias Ehemann involviert gewesen war.

Eigentlich war es nur eine Gefälligkeit gegenüber Sunas Ex-Ehemann gewesen, dass sie Lucia eingestellt hatte, doch inzwischen hatte sich die kleine Schwarzhaarige als echter Glückgriff erwiesen. Vor allem war sie ein wahres Naturtalent darin, das Vertrauen anderer Menschen zu gewinnen, wie Suna neidlos anerkennen musste. Eine Fähigkeit, die in ihrem Gewerbe nur von Vorteil sein konnte.

Auch Henrike Brandt schien sich sofort ein bisschen wohler zu fühlen, als Lucia sie halb aufmunternd, halb beruhigend anlächelte. Dankbar trank sie einen kleinen Schluck von dem heißen, extra-starken Kaffee, den Lucia gerade frisch aufgebrüht hatte.

»Die Redewendung kenne ich natürlich«, beantwortete sie Sunas Frage, nachdem sie die Tasse wieder vor sich abgestellt hatte. Ihr Gesicht verzog sich zu einem unglücklichen Lächeln. »Ich habe mich schließlich nicht umsonst jahrelang durch die Lateinstunden gequält. Nur kann ich nichts damit anfangen.«

»Mehr hat die Frau nicht gesagt?«, erkundigte sich Suna vorsichtig.

Henrike schüttelte den Kopf. »Ein paar andere Worte noch, aber ich habe nichts davon verstanden. Eins davon hörte sich wie *Jagd* an oder so ähnlich, aber vielleicht meinte sie auch etwas ganz anderes. Sie war ja durch den Unfall total weggetreten, und ich war in diesem Augenblick völlig durcheinander und in Panik. Ehrlich gesagt hatte ich Schwierigkeiten, mich überhaupt darauf zu konzentrieren, was sie gesagt hat. Ich habe gehofft, dass jeden Moment der Notarzt kommt und sich um sie kümmert. Außerdem bin ich davon ausgegangen, dass sie das alles ganz in Ruhe sagen kann, sobald es ihr wieder besser geht ...«

Ihre Stimme erstarb, und sie presste die Lippen aufeinander.

»Aber es ging ihr nicht mehr besser«, folgerte Suna. Sie sah ihre Klientin fragend, aber auch voller Verständnis an.

»Nein.« Henrike wischte sich verlegen eine Träne von der Wange. »Und das wird es auch nicht mehr. Sie ist noch direkt an Ort und Stelle gestorben. Obwohl der Notarzt und die beiden Sanitäter wirklich alles Menschenmögliche unternommen haben, hat sie es nicht mal mehr bis ins Krankenhaus geschafft.«

»Das tut mir sehr leid.« Lucia legte tröstend ihre Hand auf Henrikes Unterarm. Echte Anteilnahme lag in ihrer Stimme. »Da kann ich gut verstehen, dass Sie wissen wollen, was die Frau damit sagen wollte.«

»Danke«, krächzte Henrike. Sie räusperte sich kurz, bevor sie weitersprach. »Aber darum geht es eigentlich gar nicht. Zumindest nicht nur.«

Unsicher sah sie zwischen Suna und Lucia hin und her. Sie schien sich selbst nicht ganz darüber im Klaren zu sein, ob sie den beiden Frauen anvertrauen sollte, was sie bewegte.

»Unser Gespräch ist doch vertraulich?«, versicherte sie sich zum wiederholten Mal.

»Auf jeden Fall.« Suna nickte zustimmend. »Darauf können Sie sich hundertprozentig verlassen.«

Henrike atmete auf. Sie wirkte erleichtert. »Gut. Das ist mir wirklich sehr wichtig. Und da ist noch etwas ...«

»Ja?« Suna sah sie fragend an.

»Ich ... ich muss Sie vorwarnen«, sagte Henrike stockend. »Die Geschichte hört sich nämlich ziemlich verrückt an. Eigentlich sogar total unglaubwürdig. Deshalb möchte ich Sie bitten, mir ganz unvoreingenommen zuzuhören.«

»Das machen wir grundsätzlich«, versprach ihr Suna in ernstem Ton.

»Gut.« Henrike blickte zwischen Suna und Lucia hin und her, dann zuckte sie ratlos die Achseln. »Ich weiß gar nicht, womit ich am besten anfangen soll«, meinte sie verlegen.

»Erzählen Sie einfach von Anfang an«, forderte Suna sie freundlich auf.

»Also gut.« Henrike holte einmal tief Luft, doch plötzlich ertönte ein lautes, dumpfes Klopfen. Henrike zuckte zusammen und riss erschrocken die Augen auf.

»Entschuldigung«, sagte Suna mit einem verlegenen Lächeln. »Das ist nur die Heizung. Leider passiert das immer wieder. Ist eben ein altes Haus.«

Sie stand auf und trat gezielt an ein Rohr, das zu dem gebrechlichen Heizkörper führte. Sofort verstummte das Klopfen.

»Der Vermieter hat schon seit Ewigkeiten versprochen, das in Ordnung zu bringen«, erklärte Lucia, die noch verlegener wirkte als ihre Chefin.

Henrike nickte. Nach dem ersten Schrecken hatte sie sich wieder beruhigt. Die kurze Pause schien ihr sogar gut getan zu haben. Sie machte jetzt einen wesentlich gefassteren Eindruck als vorher.

»Wie gesagt war ich im Krankenhaus, um meinen Bruder Leon zu besuchen«, begann sie, nachdem Suna sich wieder gesetzt hatte. Dabei lächelte sie gequält. »Er ist mein ein und alles, müssen Sie wissen, meine gesamte Familie. Unsere Eltern sind leider ziemlich früh gestorben, und seitdem habe ich mich um ihn gekümmert. Da war er gerade sechzehn und ich fünfundzwanzig, und es war eine echt harte Zeit für uns beide. Aber irgendwie haben wir das Ganze auf die Reihe gekriegt. Inzwischen haben wir getrennte Wohnungen.« Sie lächelte entschuldigend. »Irgendwann muss man sich ja mal abkapseln und erwachsen werden. Trotzdem haben wir immer noch ein enges Verhältnis zueinander. Ein sehr enges sogar.«

Sie schluckte schwer. Ihr war deutlich anzusehen, wie schwer es ihr fiel, über ihren Bruder zu sprechen.

»Hatte Ihr Bruder einen Unfall?«, erkundigte sich Suna, als Henrike auch nach einer Weile noch nicht weitersprach.

Diese nickte bedrückt. »Er ist mit ein paar Freunden durch die Altstadt gezogen. Einer von seinen Kumpels hat seinen Junggesellenabschied gegeben und sie haben ordentlich gefeiert. Aber auf dem Rückweg« – sie schluchzte auf und presste sich eine Hand vor den Mund – »auf dem Rückweg hatte er dann diesen Unfall. Keiner weiß so ganz genau, wie es passiert ist. Er wohnt in einer kleinen Altbauwohnung, ganz hier in der Nähe, direkt unter dem Dach, müssen Sie wissen. Na ja, jedenfalls muss er wohl aus irgendeinem Grund das Gleichgewicht verloren haben, als er seine Wohnung aufschließen wollte. Er ist die Treppe runtergestürzt. Eine Nachbarin hat das Poltern gehört und einen Krankenwagen gerufen. Zum Glück.«

»Hat er sich schwer verletzt?«, erkundigte sich Suna mitfühlend.

»Ja.« Henrike holte einmal tief Luft, bevor sie weitersprach. »Sein Kopf hat ziemlich viel abbekommen. Er hatte mehrere Riss- und Platzwunden und auch Prellungen.

Aber das Schlimmste ist wohl eine Schwellung im Gehirn. Seit dieser Nacht liegt er in einem Wachkoma, und keiner kann mir sagen, wie es mit ihm weitergeht.«

»Das tut mir sehr leid«, bemerkte Suna.

Für Henrike mussten die letzten Tage ein echter Horrortrip gewesen sein. Allerdings konnte sie sich immer noch keinen Reim darauf machen, worauf ihre neue Klientin hinauswollte. Was sollte der Unfall ihres Bruders mit der getöteten Frau vor dem Krankenhaus zu tun haben?

»Das Verwirrende daran ist ...«

Henrike beendete ihren Satz nicht. Sie senkte den Blick und biss sich nachdenklich auf die Unterlippe, als würde sie jedes ihrer Worte genau abwägen wollen. Dann sah sie Suna wieder direkt in die Augen.

»Das Verwirrende daran ist ...«, wiederholte sie langsam, »na ja, eigentlich geht es um den Anruf danach.«

»Den Anruf?«, fragte Lucia irritiert, als Henrike nicht weitersprach. »Was für einen Anruf meinen Sie?«

Henrike holte hörbar Luft. »Ich weiß, es klingt wie eine Spinnerei, aber am Abend nach dem Unfall meines Bruders hat mich einer der Rettungssanitäter angerufen, die bei ihm erste Hilfe geleistet haben. Er hat mir erzählt, dass Leon erst im Krankenwagen ins Koma gefallen ist. Vorher war er zwar auch nicht richtig bei klarem Bewusstsein, aber immerhin wohl noch teilweise ansprechbar. Zumindest so weit, dass er noch etwas sagen konnte. Und der Sanitäter hat gemeint, dass er den Eindruck gehabt hat, es wäre Leon wirklich wichtig gewesen. Deshalb hat er sich im Krankenhaus meine Nummer geben lassen und sich bei mir gemeldet.«

»Und was war das?«, hakte Suna nach. Sie spürte, dass sie inzwischen von einer seltsamen Aufregung ergriffen worden war. »Was hat Ihr Bruder gesagt?«

»Nur zwei Worte«, antwortete Henrike. Sie hatte die Stimme gesenkt, trotzdem war das leichte Zittern, das darin lag, nicht zu überhören. »*Tempus fugit.*«

Eine Weile herrschte Schweigen.

Sowohl Suna als auch Lucia starrten Henrike ungläubig an, bevor sich ihre Blicke trafen.

»Wow«, entfuhr es Suna nach einer Weile. »Das ist tatsächlich ziemlich krass.«

»Zuerst habe ich mir nichts dabei gedacht«, erklärte Henrike. »Ich meine, Leon ist manchmal einfach so. Er haut irgendwelche hochtrabenden Zitate oder Lebensweisheiten raus, ohne dass jemand damit etwas anfangen kann. Deshalb dachte ich mir, dass er vielleicht einfach nur irgendetwas vor sich hingebrabbelt hat, das ihm gerade in den Sinn gekommen ist. Oder«, fügte sie leise hinzu, »dass er da schon geahnt hat, wie schlimm es um ihn steht. Dass er möglicherweise nie wieder aufwachen wird.«

Wieder füllten sich ihre Augen mit Tränen, und Suna nickte verständnisvoll.

»Aber dann war da gestern Abend diese Frau«, fuhr Henrike mit brüchiger Stimme fort. »Und ich weiß einfach nicht, was ich davon halten soll. Sie sagt haargenau das, was Leon auch gesagt hat. Das kann doch unmöglich einfach nur Zufall sein, oder?«

»Klingt zumindest sehr unwahrscheinlich«, stimmte Suna ihr zu. Sie überlegte eine Weile, bevor sie fortfuhr: »Die Frage ist nur, welcher Zusammenhang zwischen den beiden Vorfällen besteht. Wenn es denn überhaupt einen gibt. Wissen Sie, ob Ihr Bruder und die Frau sich kannten?«

Henrike schüttelte den Kopf. »Keine Ahnung. Ich kenne ja noch nicht mal ihren Namen. Ich weiß nur, dass ich sie vorher noch nicht mit ihm zusammen gesehen habe. Aber das muss natürlich nichts heißen. Leon kennt eine Menge Leute, schon allein durch seinen Beruf.«

»Als was arbeitet er denn?«, wollte Lucia wissen.

Suna warf ihr einen kurzen Blick zu. Sie war erleichtert, dass Lucia nicht die Vergangenheitsform benutzt hatte. Noch bestand immerhin Hoffnung, dass Leon Brandt wieder aufwachen und ganz gesund werden würde.

»Er ist Journalist«, gab Henrike zurück. In ihrer Miene mischten sich Wehmut und Stolz. »Und er ist ziemlich gut in seinem Job, wie ich finde. Auch wenn er ganz schön stur und eigensinnig sein kann. Er hat deshalb auch nie fest für eine Zeitung gearbeitet. Ihm war es immer wichtig, sich seine Themen selbst auszusuchen. Er schreibt Artikel über Dinge, die er selbst interessant findet, und verkauft sie dann an verschiedene Redaktionen. Mal mehr und mal weniger erfolgreich.«

Suna machte sich auf dem Block, der neben ihr lag, eine kurze Notiz. Dabei ging sie in Gedanken schon einmal erste Ermittlungsschritte durch. Leon Brandts Arbeit bot da sicher ganz gute Möglichkeiten, ebenso wie die Freunde, mit denen er am Abend seines Treppensturzes unterwegs gewesen war. Vielleicht hatte er ihnen gegenüber etwas erwähnt, was von Bedeutung sein konnte. Außerdem musste sie herausfinden, welche Verbindung zwischen der angefahrenen Frau und Henrikes Bruder bestanden hatte.

Angesichts der Tatsache, dass die Frau tot war und auch Leon Brandt momentan nichts aussagen konnte, würde das sicher kein ganz leichtes Unterfangen werden. Schon gar nicht mit den doch recht beschränkten Mitteln, die ihr zur Verfügung standen.

»Was sagt denn die Polizei zu dem allem?«, erkundigte sie sich.

Sofort verschloss sich Henrikes vorher so offene Miene.

»Nichts«, meinte sie kurz angebunden.

»Nichts?«, wiederholte Suna erstaunt. »Die Polizei muss da doch sicher eine Menge Fragen an Sie gehabt haben ...«

»Ich habe ihnen nichts davon erzählt«, erklärte Henrike nach kurzem Zögern. Ihr Blick irrte ziellos im Raum umher, während sie anscheinend überlegte, wie sie Suna am besten ihre Beweggründe erklären konnte.

»Nach dem Unfall gestern Abend war ich völlig durcheinander«, sagte sie schließlich. »Der Polizist am Unfallort hat mir zwar ein paar Fragen gestellt, ob ich weiß, wer die Frau ist, ob ich den Wagen gesehen habe, der sie angefahren hat, und so weiter. Ich habe natürlich geantwortet, aber ich war immer noch total geschockt, verstehen Sie? Ich meine, ich habe nicht gelogen, sondern alles genau so erzählt, wie es passiert ist. Und es stimmt ja auch, dass ich die Frau nicht kenne. Nur das, was sie mir gesagt hat, das habe ich halt nicht weitergegeben.«

Sie sah Suna an, als würde sie ihre Absolution erwarten. Als diese nichts sagte, fuhr sie fort: »Ich hatte sowieso schon das Gefühl, dass der Typ mich nicht ganz ernst genommen hat. Er hat mich ja fast wie ein kleines Kind behandelt, so wie er mit mir gesprochen hat. Wenn ich dann noch von *tempus fugit* und von meinem Bruder erzählt hätte, hätte der mich doch für total hysterisch gehalten!«

Unsicher sah sie erst Suna, dann Lucia an und wartete auf eine Reaktion.

»In gewisser Weise verstehe ich das ja«, meinte Suna zurückhaltend. Sie war überzeugt davon, dass der Polizist nur rücksichtsvoll gegenüber Henrike hatte sein wollen, doch manchmal ging so etwas eben nach hinten los. »Aber für die Ermittlungen der Polizei wäre die Information, dass die beiden Unfälle miteinander zusammenhängen könnten, sicher extrem wichtig. Sofern es denn wirklich Unfälle waren.«

Henrike war bei ihrem letzten Satz fast unmerklich zusammengezuckt.

»Sie glauben, dass es vielleicht keine Unfälle waren?«, fragte sie zögerlich.

Suna zuckte die Achseln. »Bisher kann ich dazu eigentlich noch gar nichts sagen, aber wir müssten zumindest in Betracht ziehen, dass da jemand absichtlich nachgeholfen hat. Ich habe zwar noch nicht den Hauch einer Ahnung, was dieses *tempus fugit* zu bedeuten hat, aber es wäre immerhin möglich, dass jemand Ihren Bruder oder die fremde Frau zum Schweigen bringen wollte.«

Immer noch starrte Henrike Suna an. Schließlich nickte sie. »Ja. Genau das Gleiche ist mir auch schon durch den Kopf gegangen«, gab sie mit leiser Stimme zu. »Ich wollte es wohl einfach nur nicht wahrhaben.«

»Aber gerade dann muss doch die Polizei Bescheid wissen«, betonte Lucia. Sie schien etwas erschrocken zu sein über den unvermuteten Verlauf, den der Fall gerade genommen hatte. »Ich meine, wenn da irgendwelche kriminellen Leute für alles verantwortlich sind, werden sie vielleicht noch jemanden verletzen.« Unruhig begann sie, auf ihrem Stuhl hin und her zu rutschen.

»Lucia hat recht«, stimmte Suna in ernstem Ton zu. »Wenn tatsächlich jemand diese *Unfälle* absichtlich herbeigeführt hat, ist mit demjenigen nicht zu spaßen. Haben Sie sich mal Gedanken darüber gemacht, dass in diesem Fall sogar noch jemand in Gefahr sein könnte?«

»Das weiß ich doch alles!«, rief Henrike verzweifelt. »Es ist nur ...«

Sie fuhr sich mit beiden Händen über das Gesicht und stieß hörbar die Luft aus, bevor sie weitersprach.

»Es ist nur so, dass ich in gewisser Weise Leon auch nicht traue«, erklärte sie mit gesenkter Stimme. »Er ist wirklich ein guter Kerl, das können Sie mir glauben. Für seinen guten Charakter würde ich meine Hand ins Feuer legen. Er ist ehrlich, zuverlässig und absolut loyal. Aber manchmal, wenn er für eine Story recherchiert und ihn der Ehrgeiz gepackt hat, dann kann er schon mal über das Ziel hinausschießen.« Sie lächelte traurig. »So war er schon immer. Meine Mutter hat ihn früher öfter als Gefahrensucher bezeichnet, weil er ein unglaubliches Talent dazu hatte, sich selbst in Schwierigkeiten zu bringen. Und jetzt ...«

Wieder hielt sie einen Augenblick inne, ehe sie fortfuhr: »Ich habe wirklich keine Ahnung, worum es bei der ganzen Sache geht, aber ich möchte meinem Bruder ganz sicher nicht schaden. Vielleicht hat er sich da mit den völlig falschen Leuten eingelassen, ohne selbst zu wissen, was auf ihn zukommt. Ich meine, seine Situation ist doch jetzt schon schwierig genug. Selbst wenn er wieder aufwachen sollte, kann es sein, dass er für immer gesundheitliche Probleme haben wird. Da will ich ihn nicht noch zusätzlich in Schwierigkeiten bringen, verstehen Sie?«

Mit flehendem Gesichtsausdruck blickte sie erst Suna, dann Lucia an.

»Sicher verstehe ich das«, gab Suna in sanftem Ton zurück. »Trotzdem denke ich, dass die Polizei unbedingt erfahren sollte ...«

»Nein!«, unterbrach Henrike sie energisch. »Ich will das nicht, und Sie haben mir versprochen, dass unser

Gespräch vertraulich ist. Und wenn Sie den Fall nicht übernehmen wollen, muss ich halt jemand anders finden, der die Sache untersucht.«

»Unser Gespräch ist absolut vertraulich«, versicherte Suna ihr mit ruhiger Stimme. »Darauf können Sie sich verlassen.«

Normalerweise gab sie ein Versprechen nie leichtfertig und war immer darauf bedacht, ihr Wort zu halten. Doch in diesem besonderen Fall war sie nicht sicher, ob sie es nicht besser brechen sollte.

Sie blickte unschlüssig zwischen Henrike und Lucia hin und her. Auch ihre Assistentin schien sich in der Situation nicht ganz wohl zu fühlen. Sie sah Suna fragend an.

»Ich mache Ihnen einen Vorschlag«, wandte sich Suna schließlich wieder an Henrike. »Wir machen uns sofort an die Arbeit und versuchen herauszufinden, was hinter der ganzen Sache steckt. Geben Sie uns dafür - sagen wir mal - drei Tage. Wenn wir also bis Donnerstagabend den Fall nicht aufgeklärt haben, gehen Sie gleich Freitagmorgen zur Polizei und erzählen denen alles, was Sie wissen. In Ordnung?«

Henrike zögerte einen Moment lang, ehe sie nickte. Sie wirkte erleichtert.

»Gut«, stimmte sie zu. »Ich denke, mit dem Kompromiss kann ich leben.«

*

Interessiert las Suna einen Artikel von Leon Brandt durch, den sie auf der Online-Seite einer großen Tageszeitung gefunden hatte. Dabei ging es um die kriminellen Machenschaften von Banden, die den Staat im großen Stil um Sozialleistungen betrogen. Der Bericht war erstaunlich detailliert und – so wie es aussah – gut recherchiert. Dabei hatte Leon sich auch nicht gescheut, direkt die Verantwortlichen zu benennen, die in den Skandal involviert waren.

Suna fuhr sich nachdenklich mit der Hand durch ihre braunen, kurz geschnittenen Haare. »Wenn seine Arbeit immer so aussieht, hat er sich bestimmt eine Menge Feinde gemacht«, murmelte sie leise vor sich hin. Das würde ihr die Lösung des Falls nicht gerade erleichtern.

Neben Suna auf dem Schreibtisch lag ihr Notizblock, auf dem sie alles aufgeschrieben hatte, was Henrike Brandt ihr und Lucia über ihren Bruder erzählt hatte.

Leon Brandt war 26 Jahre alt. Nach der Schule hatte er Geschichte und Politik auf Lehramt studiert, hatte aber schon während des Studiums begonnen, nebenbei als freier Journalist zu arbeiten. Nach seinem Abschluss hatte er sich ganz auf das Schreiben konzentriert, anstatt ins Referendariat an eine Schule zu gehen. Zu seinen Kunden gehörten kleine Fachmagazine, aber auch große, überregionale Zeitungen und diverse Internetportale.

Dabei war er sehr produktiv gewesen. Mindestens ein großer Artikel pro Woche war von ihm erschienen, manchmal sogar mehrere. Suna glaubte zwar nicht, dass er mit seinen Artikeln reich geworden war, aber es langte wahrscheinlich, um ganz anständig davon leben zu können.

Suna sah auf das Foto von Leon, das Henrike ihr gegeben hatte.

Ihre Klientin hatte ihr erzählt, dass ihr Bruder derzeit keine feste Freundin hatte, aber so charmant, wie er auf dem Bild wirkte, zweifelte Suna nicht daran, dass er ohne Probleme Frauen kennenlernte. Seine Haare hatten einen ähnlichen dunkelblonden Ton wie die seiner Schwester, aber seine Augen leuchteten in einem wesentlich intensiveren Blau, und im Gegensatz zu ihrem eher schüchternen Auftreten strahlte er schon auf dem Foto eine sympathische Offenheit aus.

»Ich habe mal nachgesehen, was ich über *tempus fugit* rauskriegen konnte.«

Lucia setzte sich zu Luna an den Tisch und stellte eine dampfende Tasse mit duftendem Kräutertee vor sich ab. Sie trug wie immer, seitdem sie in der Detektei zu arbeiten begonnen hatte, eine farbige Latzhose, heute eine in einem dunklen Grünton.

Suna nahm an, dass sie nach ihrer äußerst unglücklichen Ehe mit ihrem Kleidungsstil allen Männern signalisieren wollte, dass sie derzeit nicht an ihnen interessiert war. Sie wollte sich erst einmal ein eigenes Leben und eine eigene Existenz aufbauen, bevor sie sich wieder für das andere Geschlecht öffnen konnte. Und auf keinen Fall wollte sie noch einmal so abhängig sein wie damals von ihrem Mann, sondern auf eigenen Füßen stehen. Eine nach Sunas Meinung absolut gesunde Einstellung.

Suna blickte Lucia erwartungsvoll an. »Und?«

»Über *tempus fugit* gibt es leider jede Menge im Netz.« Lucia seufzte theatralisch. »Also, zuerst einmal wäre da der Spruch selbst. Der bedeutet – wie wir ja schon wussten – soviel wie *die Zeit entflieht*, und wird häufig zusammen mit *carpe diem* benutzt, was wiederum heißen soll, dass man den Tag nutzen soll.«

Suna hörte aufmerksam zu, während sie wieder zu ihrer Kaffeetasse griff und einen kleinen Schluck trank.

»Es gibt jede Menge Bilder, die so heißen«, fuhr Lucia fort, »außerdem Skulpturen, mehrere Musikstücke, Bands und Theatergruppen. Und es ist der Name einer Standuhr. Sogar alkoholische Getränke sind danach benannt.«

»Ist denn irgendein besonders wertvolles Kunstwerk darunter?«, fragte Suna nach.

Lucia schüttelte den Kopf. »Keins, was ein Verbrechen lohnen würde.«

Suna verzog enttäuscht das Gesicht. »Mit anderen Worten: Wir haben nichts, was uns weiterbringt.«

»So könnte man es auch sagen.« Lucia zuckte die Achseln. »Tut mir leid. Ich hätte dir gern mehr angeboten.«

Sie wurden vom Klingeln des Telefons unterbrochen.

»Hallo, meine Lieblingsschwägerin«, flötete Rebecca Lürssen am anderen Ende der Leitung, nachdem Suna sich gemeldet hatte.

»Lieblings-Ex-Schwägerin, wolltest du wohl sagen«, berichtigte Suna sie lachend. »Und soweit ich weiß deine einzige Ex-Schwägerin, also sollte ich mir wohl nicht zu viel darauf einbilden.«

Die beiden Frauen kannten sich schon sehr lange, und obwohl Sunas Ehe mit Rebeccas Bruder Robert gescheitert war, verstanden sie sich immer noch ausgezeichnet.

»Meinetwegen auch Ex«, meinte Rebecca mit verschwörerischem Unterton in der Stimme. »Aber was mal war, kann ja durchaus noch mal werden. Es soll ja auch Ex-Exfrauen geben.«

Suna wusste, dass Rebecca die Hoffnung noch nicht aufgegeben hatte, dass sie und ihr Bruder vielleicht doch eines Tages wieder ein Paar werden würden. Aber so sehr sie ihre ehemalige Schwägerin auch mochte, in diesem Augenblick stand ihr nicht der Sinn nach freundschaftlichem Geplänkel. Sie konnte selbst nicht genau erklären, woran es lag, aber sie hatte bei dem neuen Fall kein gutes

Gefühl und wollte ihn so schnell wie möglich hinter sich bringen.

»Also, hast du was für mich?«, kam sie daher direkt auf ihr Anliegen zu sprechen.

Direkt, nachdem Henrike Brandt gegangen war, hatte Suna Rebecca angerufen und sich nach dem Unfall vom Vorabend auf dem Krankenhausparkplatz erkundigt. Als Mitarbeiterin bei der Staatsanwaltschaft war ihre ehemalige Schwägerin immer eine unschätzbare Informationsquelle, vor allem, da sie innerhalb der Staatsanwaltschaft hervorragende Verbindungen hatte. So hatte es auch nur wenige Minuten bis zu ihrem Rückruf gedauert.

»Viel gibt es da nicht«, berichtete Rebecca jetzt allerdings zu Sunas Enttäuschung. »Martin Brauer ist für den Fall zuständig, und im Moment geht er genau wie die Polizei davon aus, dass der Fahrer die Frau im Nebel schlicht übersehen hat und nach dem Zusammenprall einfach abgehauen ist. Leider gibt es wohl keine Spuren, die man dem Unfallwagen eindeutig zuordnen kann, also weder Lacksplitter noch ein zerbrochenes Scheinwerferglas oder so was Ähnliches. Auf so einem viel genutzten Parkplatz wie dem eines Krankenhauses liegt ja leider immer eine Menge rum, das zu allen möglichen Autos gehört. Die Polizei klappert zwar alle Werkstätten nach einem Fahrzeug mit entsprechendem Schaden ab, aber es wird bestimmt nicht einfach, den Kerl zu überführen, der das zu verantworten hat. Wenn er den Wagen für eine Weile in der Garage stehen lässt oder wenn er zu einer Werkstatt weiter außerhalb von Lübeck fährt, wird es echt schwierig.«

»Wisst ihr inzwischen, wer die Frau war?«, erkundigte sich Suna.

»Ja.« Ein leises Rascheln von Papier ertönte, bevor Rebecca fortfuhr. »Sie hieß Guiseppina Mancini, hat hier in Lübeck gewohnt und war 31 Jahre alt.«

»Italienerin?«, hakte Suna nach.

»Genau«, bestätigte Rebecca. »Allerdings ist sie schon als Kleinkind nach Deutschland gekommen und hier aufgewachsen. Wenn die Angaben stimmen, die mir Martin gegeben hat, sind ihre Eltern inzwischen wieder nach Italien zurückgegangen, genauer gesagt nach Mailand. Aber Giuseppina ist in Lübeck geblieben. Sie war Sozialarbeiterin und hat sich als Streetworkerin um obdachlose Jugendliche gekümmert. Sie soll wohl ziemlich engagiert und bei den Jugendlichen total beliebt gewesen sein. Echt tragisch, dass es ausgerechnet so eine erwischt hat.«

»Mmhh«, stimmte Suna zu.

In Gedanken war sie schon einen Schritt weiter und überlegte, welche Verbindung es wohl zwischen einer Streetworkerin und einem jungen freiberuflichen Journalisten gegeben haben könnte.

»Sag mal, Suna, weißt du da vielleicht mehr?« Rebeccas Stimme klang misstrauisch. »Gibt es irgendetwas, das du uns darüber sagen kannst? Martin wäre bestimmt dankbar für einen kleinen Tipp.«

»Noch nicht«, antwortete Suna ausweichend. Die leichten Gewissensbisse bei ihrer Notlüge versuchte sie geflissentlich zu ignorieren. Immerhin hatte sie ihrer Klientin absolute Vertraulichkeit versprochen. »Aber wenn sich irgendetwas ergibt, erfahrt ihr es natürlich zuerst.«

»Na, das will ich doch hoffen«, gab Rebecca zurück.

Nachdem Suna sich bedankt und aufgelegt hatte, wählte sie sofort Henrikes Nummer. Sie brauchte nicht lange zu warten, denn schon nach dem ersten Klingeln nahm ihre Klientin das Gespräch an.

Anscheinend hat sie das Telefon ständig in Reichweite, dachte Suna, bevor sie sich meldete. Das war allerdings absolut nachvollziehbar. Es musste extrem nervenaufreibend sein, wenn man jederzeit eine gute – oder weniger gute – Nachricht aus dem Krankenhaus bekommen konnte.

In knappen Worten schilderte sie Henrike, was sie von ihrer ehemaligen Schwägerin über das Unfallopfer erfahren hatte.

»Eine Streetworkerin ja?«, fragte ihre Klientin nach.

Suna nickte zustimmend. »Genau. Sie hat hier in Lübeck gearbeitet, wohl hauptsächlich mit obdachlosen Jugendlichen.«

»Warten Sie mal einen Augenblick«, sagte Henrike hastig. Im Hintergrund war das Umblättern von Papier zu hören. »Ich hab' hier einen Ordner, in dem habe ich alle Artikel gesammelt, die von Leon veröffentlicht worden sind. Hundertprozentig sicher bin ich mir zwar nicht, aber wenn ich mich richtig erinnere, hat er mal irgendetwas in der Richtung geschrieben. Da ging es auf jeden Fall um Straßenkids. Ich glaube, um ein Projekt, das die Jugendlichen wieder von der Straße zurück in ein geregeltes Leben bringen soll, oder das zumindest verhindert, dass sie noch weiter abrutschen.«

Einen Moment lang war nichts zu hören außer das Rascheln der Seiten, die in schneller Folge umgeblättert wurden.

»Ha, hier ist es!« Ein triumphaler Unterton schwang in Henrikes Stimme mit. »Ich wusste doch genau, dass ich darüber schon mal was gelesen habe. Es sind leider mehrere Seiten.«

Wieder wartete Suna geduldig, während ihre Klientin offensichtlich den Artikel überflog.

»Eine Giuseppina finde ich hier nicht«, sagte Henrike kurz darauf. »Aber hier ist öfter von einer Jussi Mancini die Rede.«

»Das dürfte sie sein«, meinte Suna bestimmt. »Jussi ist sicher eine Abkürzung für Giuseppina.«

»Warten Sie, hier ist auch ein Bild von ihr«, warf Henrike ein.

Plötzlich veränderte sich ihr Tonfall und ihre Stimme war nur noch ein Flüstern.

»Ja«, wisperte sie. »Da gibt es keinen Zweifel. Das ist die Frau, die gestern direkt vor meinen Augen gestorben ist. Sie hatte ein extrem hübsches Lächeln.«

»Okay, dann wissen wir zumindest schon mal, dass diese Jussi und Ihr Bruder sich kannten«, sagte Suna, ohne auf Henrikes letzten Satz einzugehen. Auch wenn die Geschichte wirklich tragisch war, brachten sie Sentimentalitäten jetzt nicht weiter. Sie musste sich auf die Fakten konzentrieren, um in dem Fall weiterzukommen.

»Aber ein bisschen merkwürdig ist es schon«, sagte Henrike. Sie klang plötzlich sehr skeptisch.

Suna runzelte die Stirn. »Was ist merkwürdig?«

»Das Datum des Artikels«, antwortete Henrike. »Er ist schon gut eineinhalb Jahre alt.«

»Okay«, meinte Suna gedehnt. Aus irgendeinem Grund war auch sie davon ausgegangen, dass es sich bei dem Artikel um aktuelles Material handeln würde. Es war naheliegend gewesen, dass Leon Brandt und Jussi Mancini erst in letzter Zeit miteinander zu tun gehabt hatten.

Aber das eine schließt das andere ja nicht aus, ging es ihr durch den Kopf. Vielleicht hatten die beiden sich zwar schon bei den Recherchen zu dem damaligen Artikel kennengelernt, hatten sich aber jetzt aus irgendeinem Grund wieder getroffen.

»Wie dem auch sei«, sagte sie nach kurzem Überlegen. »Immerhin wissen wir jetzt, dass es zwischen Jussi und Leon eine Verbindung gibt. Das ist für unser weiteres Vorgehen doch schon mal kein ganz schlechter Ausgangspunkt. Darauf lässt sich aufbauen.«

*

Gedankenverloren klimperte Spider mit dem Kleingeld in der Tasche seiner abgewetzten Sweatjacke. Er war total platt. Stundenlang hatte er sich in der Altstadt die Füße zu wahren Quadratlatschen breitgetreten, während er unaufhörlich Passanten um ein paar Euro angeschnorrt hatte.

Er konnte es sich selbst nicht erklären, aber aus irgendeinem Grund wurden die Leute immer geiziger. Den meisten tat es doch nicht weh, wenn sie ein paar Cent abgaben, aber selten hatte er sich so viele blöde Sprüche anhören müssen wie heute.

Allerdings waren die noch nicht mal das Schlimmste. Viel mehr kotzten ihn die gut gemeinten Ratschläge von den Gutmenschen an, die sich wohl dazu berufen fühlten, die Welt zu retten, und die dabei ausgerechnet mit ihm anfangen wollten. Einer von den Deppen hatte es heute sogar fertiggebracht, einen Flyer von einer Drogenberatungsstelle aus der Tasche zu ziehen und ihm hinzuhalten, als er ihn nach ein paar Münzen gefragt hatte.

Spider grinste bei dem Gedanken daran, wie blöd der Typ aus der Wäsche geguckt hatte, als er den Flyer genommen und ihn ihm direkt wieder hingehalten hatte. »Hier, für zwei Euro kriegste den wieder«, hatte er gesagt.

»Dann kannste 'ner anderen armen Sau damit auf die Nerven gehen.«

Geld hatte der Kerl ihm zwar nicht gegeben, aber allein der empörte Blick war es wert gewesen, darauf zu verzichten. Beleidigt hatte der Typ den Flyer wieder gepackt und in seiner Tasche verschwinden lassen, während er leise vor sich hin schimpfend weggestapft war.

Ein paar andere Leute in der Innenstadt waren aber doch noch recht freigiebig gewesen, sodass sich der Tag schließlich doch gelohnt hatte.

Immerhin hat es für ein bisschen Dope gereicht, dachte Spider zufrieden, während seine Hand fest das kleine Päckchen in der anderen Jackentasche umschloss. Der Abend war also gerettet, und es waren sogar noch ein paar Münzen übrig geblieben. Vielleicht gönnte er sich davon später einen richtig fetten Hamburger – oder eine Flasche halbwegs anständigen Rotwein.

Ein Gewirr von Stimmen schallte ihm entgegen, als er das abrissreife Mietshaus am Rand der Lübecker Altstadt erreichte, in dem er seit einigen Wochen zusammen mit ein paar anderen Jugendlichen kampierte.

Spider warf einen prüfenden Blick zum Himmel. Es war zwar nicht mehr so neblig und feucht wie am Abend zuvor, aber immer noch ziemlich ungemütlich. Der Sommer war wohl endgültig vorbei. Trotzdem hatten es sich die anderen noch draußen bequem gemacht.

In lockerer Runde saßen und lagen sie auf den alten Sofas und Sesseln, die ein paar von ihnen in den letzten Wochen vom Sperrmüll zusammengeklaubt und in den Hinterhof des Hauses geschleppt hatten. Unter einem rostigen Wellblechdach, unter dem früher wohl mal ein paar Wäscheleinen und ein kleiner Kinderspielplatz Platz gefunden hatten, war auf diese Weise eine ganz annehmbare Sitzecke entstanden.

Spiders Freundin Adana hatte sich mit einer dicken Decke an ihren Lieblingsplatz – eine löchrige alte Hängematte, die jemand zwischen zwei Baumstämmen aufgespannt hatte – zurückgezogen. Wie immer hielt sie eine große Colaflasche in der Hand, an der sie in regelmäßigen Abständen nippte.

Sie winkte Spider freundlich zu, als sie ihn entdeckte, aber insgesamt schien die Stimmung eher schlecht zu sein. Alle wirkten bedrückt, fast schon niedergeschlagen. Wie so häufig kreiste in der Runde eine Wodkaflasche, von der sich fast alle bedienten, aber im Gegensatz zu sonst machte keiner blöde Sprüche. Niemand lachte laut oder erzählte obszöne Witze.

»Was is 'n los?«, fragte Spider leise, als er die Hängematte erreicht hatte.

Inzwischen machte er sich ernsthafte Sorgen, denn Adana wirkte nicht nur bedrückt. An ihren geröteten Augen erkannte er, dass sie sogar geweint haben musste. Und wenn etwas Adana aus der Bahn warf, musste es schon ziemlich heftig sein. Sie war von ihnen allen die Stärkste und Belastbarste, davon war er überzeugt.

Und sie war diejenige, die einem wieder auf die Beine half, wenn man so richtig down war.

»Hast du es noch nicht gehört?«, antwortete sie mit belegter Stimme. Sie strich sich eine schwarze, zu einem dünnen Zopf geflochtene Haarsträhne aus dem Gesicht und klemmte sie hinter ihr Ohr, bevor sie noch einmal einen kleinen Schluck aus ihrer Colaflasche nahm. »Jussi ist tot.«

Die Nachricht traf Spider wie ein unvermittelter Faustschlag. Er taumelte leicht und griff mit einer Hand nach der Hängematte, um sich festzuhalten – mit der Hand, die nicht das kleine Päckchen in seiner Jackentasche umklammert hielt.

»Jussi?«, wiederholte er tonlos. Das konnte nicht sein!

Doch, sagte eine Stimme in seinem Kopf. *Und das weißt du genau!*

Er schluckte schwer. »Ist das ganz sicher?«

Adana nickte. Sie bemühte sich zu lächeln, aber es geriet eher zu einer Grimasse. Einer Grimasse der Trauer und der Verzweiflung. »Theo hat vorhin mit Birger gesprochen. Und der hat es bestätigt.«

Unwillkürlich blickte Spider zu Theo hinüber. Dem schlaksigen Jungen mit den dreckig-blonden Rastalocken, der tief in die Polster des alten Cordsofas gerutscht war und gerade die Wodkaflasche ansetzte, hätte er zwar nicht unbedingt vertraut, aber wenn die Neuigkeit von Birger kam, musste er sie wohl glauben. Immerhin war Birger Jussis Kollege gewesen, auch wenn er bei den Kids lange nicht so beliebt war wie die sympathische Italienerin.

»Was ist denn passiert?«, erkundigte sich Spider mit heiserer Stimme. »War Jussi krank oder so was?«

Adana schüttelte den Kopf. »Ein Auto hat sie erwischt. Gestern Abend, als es so neblig war. Sie wollte wohl im Krankenhaus jemanden besuchen. So ein Scheißkerl hat sie umgefahren und dann einfach liegen lassen. Kannst du dir das vorstellen?«

»Fuck!«, murmelte Spider düster. »So eine feige Sau!«

Er war ehrlich empört, doch da war noch etwas anderes. Ein beängstigender Gedanke schoss ihm durch den Kopf, und seine Finger begannen, nervös mit den Münzen in seiner Tasche herumzuspielen.

»Die Bullen haben den Kerl nicht erwischt?«, fragte er nach, um ganz sicherzugehen.

»Natürlich nicht«, gab Adana verächtlich zurück. »Die haben ja alle Hände voll damit zu tun, uns zu schikanieren. Um so Kleinigkeiten wie Scheißkerle, die unschuldige Frauen plattmachen, können die sich da nicht kümmern.«

Spider starrte sie wortlos an. Er spürte, dass langsam Panik in ihm aufstieg. Seine schlecht verheilte Narbe, die sich quer über seine rechte Wange zog, begann unangenehm zu pochen.

»Stell dir das mal vor, da gehst du völlig ahnungslos über die Straße, denkst an nichts Böses, und plötzlich kommt ein Auto aus dem Nichts und rast auf dich zu«, plapperte Adana weiter, doch er hörte schon gar nicht mehr zu. Mit staksigen Schritten ging er quer über den Hof auf das Haus zu und verschwand im türlosen Eingang, ohne die anderen weiter zu beachten.

Der enge, dunkle Flur des heruntergekommenen Mietshauses war mit Graffitis und obszönen Schmierereien übersät. Auf dem Boden lagen achtlos weggeworfene Zigarettenstummel und zerknautschte Dosen von Energy-Drinks. An den Wänden blätterte die Farbe ab, die jemand bei der letzten Renovierung notdürftig über feuchte Stellen im Mauerwerk gestrichen hatte, und bei manchen der zahlreichen Flecken an den Wänden wollte man lieber gar nicht genau wissen, wie sie entstanden waren. Trotz der fehlenden Eingangstür hing ein muffiger Geruch in der Luft, der sich mit etwas Undefinierbarem, Stechendem mischte.

Doch Spider registrierte nichts davon. Er lief in das Zimmer im zweiten Stock, das er sich vor ein paar Monaten ausgesucht hatte, als er hier eingezogen war. In einer

Ecke des Raums lag eine fleckige Matratze auf dem Boden, die ihm seit einigen Wochen als Nachtlager diente.

Mit hektischen Bewegungen schob er mit den Füßen einige leere Flaschen beiseite, schnappte sich eine ebenfalls auf dem Boden liegende Sporttasche, stopfte seinen Schlafsack und ein paar Klamotten hinein und zog hastig den Reißverschluss zu.

Dann hastete er wieder die Treppe hinunter.

»He, wo willste denn jetzt hin?«, rief Adana ihm nach, als er aus dem Haus trat, an den anderen vorbeilief und mit zielstrebigen Schritten den Hinterhof verließ.

»Muss noch was erledigen«, gab er vage über die Schulter zurück, ohne stehen zu bleiben. »Dauert nicht lange.«

Ehe Adana ihn zurückhalten konnte, beschleunigte er seine Schritte und bog auf die Straße ein.

Aber wohin sollte er gehen?

Fieberhaft überlegte er, während er ziellos geradeaus lief. Er musste irgendeinen Unterschlupf finden, in dem ihn keiner entdecken würde. Irgendeinen Ort, an dem er seine Ruhe hatte.

An dem er sicher war.

Wieder umfasste er das kleine Päckchen in seiner Jackentasche mit seiner Hand und klammerte sich daran fest wie an einem Rettungsring. Er brauchte jetzt dringend ein bisschen Entspannung, und zwar so schnell wie möglich.

Plötzlich hatte er eine Idee. Vor ein paar Wochen hatte ihn Faxe, ein guter Kumpel von ihm, mal in ein altes, leer stehendes Lagerhaus mitgenommen. Es war zwar zugig und nicht allzu gemütlich gewesen, ein richtig verdrecktes Rattenloch mit Müll und alten, benutzten Spritzen auf dem Boden, aber dort würde ihn mit Sicherheit niemand suchen. Allerdings war er an dem Abend ziemlich zugedröhnt gewesen, und er hatte keine Ahnung, wo genau dieser Scheißkasten lag.

Er bog um eine Straßenecke und schlug die Richtung ein, in der er das Lagerhaus vermutete. Dabei scannte er unablässig die Leute ab, die ihm begegneten. Zum Glück waren um diese Zeit nicht mehr allzu viel Passanten unterwegs, und bei keinem von ihnen witterte er Gefahr.

Weder die Mutter, die zwei exakt identisch gekleidete kleine Mädchen an den Händen hielt, noch der alte Mann mit dicker Hornbrille, Hut und altmodischem Mantel kamen ihm bedrohlich vor.

Langsam, ganz langsam beruhigte er sich.

Wahrscheinlich litt er einfach nur unter Verfolgungswahn, sagte er sich. Vielleicht war alles nur ein ganz blöder Zufall.

Er schöpfte wieder etwas Zuversicht.

Das änderte sich allerdings schlagartig, als er aus dem Augenwinkel zwei Männer wahrnahm, die schräg hinter ihm auf der anderen Straßenseite herliefen. Zuerst sah er nur ihre kräftigen Staturen und ihren selbstsicheren, vor Kraft strotzenden Gang, aber das reichte aus, um bei ihm alle Alarmglocken schrillen zu lassen. Sofort beschleunigte sich sein Puls und unwillkürlich begann er, schneller zu atmen.

Bestimmt sind die beiden ganz harmlos, versuchte er sich selbst zu beruhigen. *Es muss ja nichts bedeuten, dass sie hinter mir hergehen. Vielleicht haben sie einfach nur denselben Weg wie ich. Jetzt bloß keine Panik!*

Es kostete ihn viel Willenskraft, sich nicht umzudrehen und die Kerle zu mustern, die ihn zu verfolgen schienen. Stattdessen zwang er sich dazu, möglichst zügig, aber mit ruhigen Schritten weiterzugehen. Dabei versuchte er das heftige Zittern, das seinen gesamten Körper erfasst hatte, wenigstens einigermaßen in den Griff zu bekommen.

Doch nach einer Weile hielt er es einfach nicht mehr aus. Langsam und möglichst unauffällig drehte er den Kopf, um einen schnellen Blick auf die Männer zu werfen. Er brauchte einfach Gewissheit!

Keine gute Idee.

Auch die beiden Männer, die ihm immer noch in gleichbleibendem Abstand folgten, schienen ihn nicht aus den Augen zu lassen.

In dem Moment, in dem sich ihre Blicke trafen, vergaß Spider alle seine guten Vorsätze und spurtete los.

*

Ein merkwürdiges Gefühl überkam Henrike, als sie die letzten Treppenstufen zur Wohnung ihres Bruders hinaufstieg.

Genau hier ist es passiert, ging es ihr durch den Kopf.

Unwillkürlich tauchten Bilder vor ihrem inneren Auge auf, wie Leon verkrümmt und seltsam verdreht auf der Treppe lag. Er hatte die Augen halb geöffnet, aus den Wunden an seinem Kopf sickerte Blut und tropfte auf die Steinstufen.

Als sein Gesicht mit dem von Jussi Mancini zu verschwimmen begann, schüttelte sie schnell den Kopf, um die unschönen Erinnerungen zu vertreiben.

»Nein!«, stöhnte sie leise.

Unwillkürlich fragte sie sich, ob Leon wohl auch aus Nase und Ohren geblutet hatte wie die Italienerin. Ob er ähnlich röchelnd und um Luft ringend mit dem Sanitäter gesprochen hatte wie Jussi mit ihr?

Eigentlich war das vollkommen egal. Jussi war tot, aber Leon würde überleben. Sie musste nur fest genug daran glauben.

Gerade vorher war sie noch im Krankenhaus gewesen und hatte ihrem Bruder aus einem ihrer Lieblingsbücher vorgelesen. Sein Zustand hatte sich zwar immer noch nicht verbessert, aber immerhin auch nicht verschlechtert.

Außerdem verspürte Henrike eine gewisse Erleichterung, weil sie mit dem behandelnden Arzt hatte sprechen können. Sie hatte ihn gebeten, außer ihr selbst keinen Besucher zu ihm ins Zimmer zu lassen. Sie bekam zwar allein schon bei dem Gedanken daran, dass irgendjemand Leon etwas antun könnte, eine Gänsehaut. Aber abgesehen davon, dass sie selbst sich besser dabei fühlte, hatte sie Suna versprechen müssen, so vorsichtig wie möglich zu sein.

Bei der Erinnerung an das verdutzte Gesicht des Arztes wegen ihrer ungewöhnlichen Bitte musste sie gegen ihren Willen lächeln. Wahrscheinlich hielt er sie jetzt für vollkommen paranoid.

Und in gewisser Weise bin ich das wohl auch, gestand sie sich insgeheim ein.

Wie sonst sollte sie es erklären, dass sie vorhin am Eingang des Krankenhauses gewartet hatte, bis sich eine Großfamilie auf den Weg zum Parkplatz gemacht hatte, anstatt einfach allein zu ihrem Auto zu gehen und loszufahren?

Und was sonst sollte es bedeuten, dass ihr ein kalter Schauder den Rücken hinunterlief, als sie sich Leons Wohnungstür zuwandte, um den Schlüssel ins Schloss zu stecken und aufzuschließen?

Nervös blickte sie sich um. Auf der Treppe war ihr niemand begegnet, aber das musste ja nicht zwangsläufig bedeuten, dass sie tatsächlich allein war.

Leon hatte die oberste Wohnung in dem vierstöckigen Altbau gemietet, eine gemütliche Zwei-Zimmer-Wohnung mit einer kleinen Küche und einem renovierungsbedürftigen Bad. Über der Wohnung befand sich nur noch der Dachboden, der als Abstellraum und zum Wäschetrocknen genutzt wurde. Eine schmale Treppe, die durch eine Wand abgegrenzt wurde, führte von dem Treppenabsatz hinauf, auf dem sie jetzt stand.

Ihr kam ein beängstigender Gedanke: Wenn sich jemand hinter dieser Wand versteckte ...

Vorsichtig machte Henrike ein paar Schritte auf die Treppe zu und spähte um die Wand herum.

Erleichtert atmete sie auf. Niemand war zu sehen oder zu hören. Anscheinend war sie wirklich allein im Treppenhaus.

Dennoch wurde sie das mulmige Gefühl nicht los.

Konnte es an dem Abend, an dem der Unfall passiert war, genau so gewesen sein? Hatte jemand hinter der Wand gewartet, bis Leon nach Hause gekommen war? Hatte er so lange still ausgeharrt, bis Leon den Schlüssel herausgezogen hatte, um seine Wohnungstür zu öffnen, und hatte ihn dann hinterrücks attackiert?

Sicher, dachte sie, Leon war nicht gerade klein und ziemlich sportlich, aber er war an diesem Abend auch angetrunken gewesen – und wahrscheinlich völlig ahnungslos. Einem überraschenden Angriff hätte er vermutlich nicht allzu viel entgegenzusetzen gehabt.

Henrike spürte, wie sich ihre Kehle zusammenzog. Ihr Atem ging schnell und flach, während sie eilig die Wohnungstür aufschloss, den Flur der Wohnung betrat und sofort die Tür wieder hinter sich zudrückte. Mit dem Rücken lehnte sie sich gegen das kühle Holz und schnappte gierig nach Luft. Sie musste sich erst mal beruhigen, bevor sie ihr Vorhaben in die Tat umsetzen konnte.

Nach ein paar tiefen Atemzügen ging es ihr schon deutlich besser. Sie kicherte leise. Zum Glück hatte sie niemand gesehen, als sie fluchtartig in die Wohnung ihres Bruders gestürmt war. Sonst würde man bestimmt schon einen Platz in der nächsten Psychiatrie für sie reservieren.

Sie ging in das Schlafzimmer ihres Bruders. Es war winzig, fast die gesamte Fläche wurde durch das große Bett eingenommen. Neben den schmalen Kleiderschrank passte gerade noch ein kleines Bücherregal.

Henrike trat auf das Regal zu, griff liebevoll lächelnd nach einer verschlissenen Ausgabe von Jim Knopf und steckte sie in ihre Tasche. Leon hatte das Buch als Kind geliebt, und es würde ihm bestimmt gefallen, wenn sie ihm im Krankenhaus daraus vorlesen würde.

Anschließend betrat sie das Wohnzimmer, das zwar etwas größer war als der Schlafraum, aber durch die niedrige Deckenhöhe und die Dachschräge ebenfalls recht beengt wirkte. An der einen Wand standen unter der Schräge ein Zweier-Sofa, ein dazu passender Sessel und ein niedriger Tisch. Die gesamte gegenüberliegende Wand wurde von einem Schreibtisch eingenommen, über dem zwei Regalbretter festmontiert worden waren. Hier bewahrte Leon seine Bücher und die Unterlagen aus dem Studium auf sowie alles, was er für seine Arbeit brauchte.

Unwillkürlich zog Henrike die Augenbrauen hoch. Ihr Bruder war ja noch nie besonders ordentlich gewesen, aber das Papierchaos auf dem Schreibtisch nahm wirklich langsam einen besorgniserregenden Umfang an.

Vorsichtig hob sie die einzelnen Papierstapel hoch, bevor sie mit den Augen die Regalbretter absuchte.

Nichts!

Nacheinander zog sie jede der vielen Schreibtischschubladen auf und blickte hinein. Dann ging sie ins Schlafzimmer zurück, durchsuchte das Bücherregal, öffnete die Türen des Kleiderschranks und sah sogar unter das Bett. Auch in der winzigen Küche wurde sie nicht fündig.

»Verdammter Mist«, murmelte sie.

Angestrengt überlegte sie, wo sie noch suchen sollte. Als ihr nichts einfiel, durchwühlte sie noch einmal Leons Schreibtisch und die Bücherregale. Doch das Ergebnis blieb dasselbe.

Schließlich zog sie ihr Handy aus ihrer Umhängetasche und wählte Sunas Nummer.

»Hallo Frau Lürssen«, sagte sie, als Suna sich gemeldet hatte. »Ich bin hier gerade in der Wohnung meines Bruders und ich muss zugeben, dass ich ziemlich ratlos bin. Ich habe wirklich überall gesucht, aber Leons Laptop ist nicht da. Er ist einfach spurlos verschwunden.«

*

»Und Henrike Brandt hat Sie beauftragt, ja?«, erkundigte sich Matthias Grabner neugierig. »Sie sollen Leons Unfall untersuchen? Weshalb das denn?«

Suna nippte an ihrem Rotweinglas, bevor sie antwortete.

Sie hatte sich mit Matthias in einer urigen Kneipe in der Lübecker Altstadt getroffen. Er war einer der drei Freunde von Leon Brandt, die mit ihm den Abend vor seinem fatalen Treppensturz verbracht hatten. Nachdem die Gespräche mit den beiden anderen Männern am Nachmittag Suna absolut nichts Brauchbares geliefert hatten, ruhten jetzt alle ihre Hoffnungen auf Matthias.

»Frau Brandt möchte einfach nur wissen, wie es zu dem Unfall gekommen ist«, gab sie vage zurück.

Misstrauisch kniff Matthias die Augen zusammen, während seine Finger nervös sein Bierglas zu drehen begannen. »Und dafür heuert sie eine Privatdetektivin an?«, fragte er. »Wieso das? Glaubt sie etwa, dass ihn jemand die Treppe runtergestoßen hat?«

Es klang spöttisch, aber Suna meinte, auch eine Spur Aggression in seiner Stimme gehört zu haben.

Sie sah ihm weiter direkt in die Augen, ohne ihren Gesichtsausdruck zu verändern. »Meinen Sie denn, jemand hätte einen Grund gehabt, bei dem Unfall ein bisschen nachzuhelfen?«

Matthias wirkte verwirrt. »N-nein, natürlich nicht«, stotterte er. »Das war doch nicht ernst gemeint. Im Gegenteil, ich finde das vollkommen abwegig.«

»Kein Grund, nervös zu werden. Ich denke, ich habe das schon richtig verstanden.« Suna lehnte sich auf ihrem Stuhl zurück und lächelte ihn freundlich an. »Ich kann Ihnen natürlich nicht genau sagen, was wirklich in Frau Brandt vorgeht, aber ich glaube, sie ist mit der Situation einfach überfordert«, erklärte sie ruhig. »Ihr Bruder ist immerhin ihr einziger Verwandter, und so wie sie mir erzählt hat, haben die beiden ein ziemlich enges Verhältnis. Und da er ja momentan leider nicht in der Lage ist zu erzählen, was tatsächlich passiert ist, möchte sie einfach Gewissheit haben, dass es wirklich nur ein Unfall war.«

Matthias entspannte sich sichtlich bei ihren Worten.

»Das verstehe ich natürlich«, meinte er, nachdem er einen langen Zug aus seinem Bierglas genommen hatte.

»Für mich war das auch ein ziemlicher Schock. Für uns alle war es das. Ich meine, am Abend waren wir noch so richtig feiern und haben echt die Sau rausgelassen. Und am nächsten Tag kommt dann plötzlich dieser Anruf von Henrike und es heißt, dass Leon im Koma liegt und vielleicht nicht mal die nächsten Tage überlebt.«

Suna nickte verständnisvoll. »Wie war Leon an dem Abend denn drauf?«, wollte sie wissen.

»Gut, würde ich sagen.« Matthias zögerte kurz und fuhr sich mit der Hand durch die kurz geschnittenen roten Haare, bevor er fortfuhr: »Wir waren alle gut drauf, aber ein bisschen seltsam war der Abend schon. Immerhin ist Moritz der Erste von uns, der heiratet. Und nicht nur das, demnächst wird er auch noch Vater. Das ist ein ziemlich krasser Umbruch. Ich denke, uns ist allen klar gewesen, dass sich jetzt einiges ändern wird. Dass ein ganz neuer Lebensabschnitt anfängt. Aber an so was wie mit Leons Unfall hat dabei wohl niemand von uns gedacht.«

»Natürlich nicht«, stimmte Suna zu. »Wer käme schon auf so eine Idee?«

In möglichst beiläufigem Tonfall fragte sie: »Da fällt mir gerade noch etwas anderes ein: Hat Leon vielleicht bei Ihnen seinen Laptop deponiert, bevor Sie zu dem Junggesellenabschied aufgebrochen sind?«

»Nein.« Matthias hob erstaunt die Augenbrauen. »Wie kommen Sie darauf?«

Suna winkte ab. »Ist eigentlich nicht so wichtig. Frau Brandt ist nur aufgefallen, dass der Laptop nicht in der Wohnung ihres Bruders ist, und da dachte ich, Leon hätte möglicherweise noch ein bisschen gearbeitet, bevor Sie losgefahren sind.«

»Vielleicht hat er ihn in irgendeiner Zeitungsredaktion gelassen, für die er gearbeitet hat«, meinte Matthias achselzuckend. »Oder in einem Schließfach in der Bibliothek.«

Suna nickte nachdenklich. »Ja, schon möglich.«

Tatsächlich war sie auch schon auf den Gedanken gekommen, dass Leon den Computer irgendwo deponiert hatte. Dabei hatte sie allerdings weniger an eine Zeitungsredaktion gedacht, sondern eher an irgendeinen Ort, den er für sicherer gehalten hatte als seine Wohnung.

Natürlich gab es da auch noch die andere Möglichkeit – nämlich dass jemand in seine Wohnung eingedrungen war und den Laptop mitgenommen hatte. Aber nachdem an der Wohnungstür keinerlei Einbruchspuren zu sehen gewesen waren, ging sie eher von Ersterem aus.

»Und an Leon ist Ihnen wirklich nichts aufgefallen?«, kam Suna noch einmal auf den Abend des Junggesellenabschieds zurück. »Er hat sich genauso verhalten wie sonst auch immer?«

Wieder überlegte Matthias einen Moment lang, bevor er antwortete.

»Na ja, jetzt so im Nachhinein würde ich sagen, dass er vielleicht ein bisschen angespannt war.« Er zuckte die Achseln. »Ich weiß gar nicht so richtig, wie ich es am besten erklären soll. Die meiste Zeit war er ziemlich ausgelassen und hat auch ordentlich mit uns zusammen das eine oder andere Bier vernichtet. Meine waren natürlich alkoholfrei, ich musste ja noch fahren.« Er zog eine Grimasse. »Aber zwischendurch war Leon manchmal plötzlich ganz still – irgendwie geistesabwesend, als wäre er in Gedanken ganz weit weg.«

Suna horchte interessiert auf. Das klang doch schon ganz anders als vorher. »Haben Sie ihn darauf angesprochen, was ihn so sehr beschäftigt hat?«

»Einmal ganz kurz. Da hat er erwähnt, dass er gerade an einer interessanten Story arbeitet, aber er hat nicht gesagt, worum es dabei geht. Und ich habe ihn dann auch in Ruhe gelassen. Immerhin wollten wir an diesem Abend einfach nur feiern und keine Probleme wälzen. Außerdem hat er sowieso so gut wie nie über seine aktuellen Projekte gesprochen, nicht mal mit uns. Was das anging, war er ziemlich eigen. Er hat immer erst dann etwas erzählt, wenn er den Artikel schon veröffentlicht hatte. War so 'ne Marotte von ihm.«

Suna musterte den Mann prüfend. Sie war sich nicht ganz sicher, wie sie ihn einschätzen sollte. Das anfängliche Misstrauen ihr gegenüber und die unterschwellige Aggression, mit der er auf den Hinweis reagiert hatte, Leons Sturz könnte eventuell kein Unfall gewesen sein, gingen ihr nicht aus dem Sinn. Konnte es sein, dass er doch wesentlich mehr wusste, als er zugab?

»Hat Leon irgendetwas gesagt, das Ihnen merkwürdig vorkam?«, wollte sie wissen. »Irgendeinen Ausspruch oder eine Andeutung, die Sie vielleicht nicht richtig einordnen konnten?«

Sie vermied es, Matthias direkt auf den Ausspruch *tempus fugit* anzusprechen. Die Wahrscheinlichkeit war zwar nicht besonders hoch, aber immerhin bestand die Möglichkeit, dass auch einer von Leons Freunden in den Fall verwickelt sein konnte. Daher wollte Suna nicht mehr verraten als unbedingt nötig.

Matthias überlegte eine Weile, dann schüttelte er den Kopf. »Nee, da war nichts.«

»Hatten Sie den Eindruck, dass er Angst hatte?«, fragte Suna weiter.

»Angst?«, wiederholte Matthias erstaunt. »Ach so, Sie meinen, dass er sich vielleicht irgendwie verfolgt gefühlt hat?«

Suna nickte. »Genau.«

Wieder dachte Matthias angestrengt nach. »Nein, das eigentlich nicht. Also, er hat sich weder ständig umgesehen noch war er besonders unruhig oder nervös. Ich kenne Leon ja schon seit unserer Schulzeit, und während des Studiums haben wir uns sogar eine Wohnung geteilt. Er war angespannt und irgendwie auch aufgeregt. Einfach ein bisschen aufgekratzter als sonst, würde ich sagen. Aber ich denke, wenn er Angst gehabt hätte, wäre mir das bestimmt aufgefallen. Und das war definitiv nicht der Fall.« Er lachte kurz auf. »Wenn einem von uns die Panik in den Augen stand, dann war das Moritz. Schließlich ist er es, der in ein paar Tagen seine Freiheit verliert.«

Suna grinste pflichtbewusst, obwohl ihr eigentlich nicht danach zumute war.

Nach dem zu urteilen, was Matthias erzählt hatte, war Leon Brandt an einer heißen Story dran gewesen. Einer Story, die vielleicht so brisant war, dass jemand bereit gewesen war, dafür zwei Menschenleben zu opfern.

Fragte sich nur, welches Geheimnis er aufgedeckt hatte. Und wer verhindern wollte, dass es ans Licht kam.

Mittwoch, 12. Oktober

Suna zögerte einen Moment lang, bevor sie auf den Klingelknopf drückte, der mit *Schumke/Mancini* beschriftet war. Es war nicht besonders taktvoll von ihr, Jussis Freund so kurz nach ihrem Tod aufzusuchen und ihn auszuhorchen – und das auch noch ohne Voranmeldung. Aber sie musste erfahren, ob er mehr über den Tod seiner Freundin wusste.

Einen Augenblick lang überlegte Suna, ob ihr Vorgehen klug gewesen war. Als sie bei dem großen, anonymen Wohnblock eingetroffen war, in dem die Wohnung von Jussi Mancini und ihrem Freund Holger Schumke lag, hatte die Haustür offen gestanden. Ein paar Kinder, die vor dem Hochhaus spielten, hatten offensichtlich einen alten Teddybären unter die Tür geklemmt, um ungestört rein- und rauslaufen zu können.

Suna hatte die Gelegenheit genutzt und war direkt in den dritten Stock hochgelaufen.

Höflicher wäre es bestimmt gewesen, dachte sie, unten an der Haustür zu klingeln und zu fragen, ob sie hochkommen dürfe. Andererseits hätte Holger Schumke sie womöglich sofort abgewimmelt. Wenn sie direkt an seiner Wohnungstür auftauchte, war die Wahrscheinlichkeit, mit ihm reden zu können, um einiges höher.

Die Klingel erzeugte einen schrillen, unangenehmen Ton, und kurz darauf waren im Inneren der Wohnung schwere Schritte zu hören.

Suna atmete noch einmal tief durch, während sich die Tür öffnete und ein großer Mann in Jeans und T-Shirt in der Türöffnung erschien. Er hatte eine beeindruckende

Bodybuilder-Statur. Sein Schädel war glatt rasiert, während sein Gesicht durch einen Vollbart teilweise verdeckt wurde. In die dunklen Barthaare mischten sich vereinzelte graue Haare, was ihn älter wirken ließ, als er wohl tatsächlich war.

»Ja?«, knurrte er, offensichtlich nicht begeistert über die Störung.

Suna konnte es ihm nicht verübeln. Sie bemühte sich um ein gewinnendes Lächeln.

»Hallo Herr Schumke, mein Name ist Suna Lürssen«, stellte sie sich vor. »Ich würde gern kurz mit Ihnen sprechen.«

»Worum geht es denn?«, blaffte er sie an. »Wenn Sie irgendwas verkaufen wollen, sind Sie bei mir an der falschen Adresse. Ich kaufe grundsätzlich nichts an der Haustür.«

»Nein, das will ich ganz bestimmt nicht«, versicherte Suna ihm freundlich. Dann wurde sie ernst. »Ich bin eine Freundin von Henrike Brandt. Vielleicht sagt Ihnen der Name etwas. Sie hat Frau Mancini gefunden, nachdem sie angefahren worden ist.«

Sofort verengten sich Schumkes Augen. Misstrauisch starrte er Suna an.

»Na gut, kommen Sie rein«, sagte er jedoch zu Sunas Erstaunen. Er öffnete die Tür etwas weiter und gab ihr mit einem knappen Kopfnicken zu verstehen, dass sie ihm ins Wohnzimmer folgen sollte. Nachdem er auf einen Stuhl an einem kleinen Esstisch gedeutet hatte, nahm er ihr gegenüber Platz.

Rasch sah Suna sich in dem schmalen Raum um. Er war mit billigen Möbeln aus Kiefernholz eingerichtet, aber es war deutlich zu erkennen, dass sich jemand viel Mühe gegeben hatte, ihm durch Kissen und Accessoires einen gemütlichen und wohnlichen Touch zu geben. Auf einer halbhohen Kommode stand ein großes Bild in einem silbernen Rahmen, das Jussi Mancini und Holger Schumke gemeinsam zeigte. Er hielt sie im Arm und beide lächelten in die Kamera. Der Anblick des glücklichen Paars versetzte Suna einen Stich.

»Also, was wollen Sie?«, fragte Schumke. Es klang eher traurig als unfreundlich.

»Zuerst einmal möchte ich Ihnen sagen, dass es mir sehr leidtut, was passiert ist«, begann Suna behutsam. »Ich kann mir vorstellen, wie schlimm das für Sie gewesen sein muss.«

»Schlimm ist gar kein Ausdruck«, bestätigte Schumke düster. »Es kam alles so plötzlich. Wissen Sie, wenn jemand schwer krank ist und nicht mehr lange zu leben hat, dann kann man sich noch irgendwie drauf vorbereiten, aber so ...«

Er brach ab und schüttelte den Kopf, als könnte er es immer noch nicht begreifen, dass seine Freundin tot war.

Suna ließ ihm etwas Zeit, die Fassung wiederzugewinnen, bevor sie sagte: »Ich kann nachvollziehen, wie es Ihnen jetzt geht. Ich denke, jeder, der schon mal einen geliebten Menschen verloren hat, kann das, meine Freundin natürlich auch. Deshalb war es ihr so wichtig, Ihnen ihr Beileid auszudrücken. Sie wäre ja auch gern selbst hergekommen, aber nach dem, was sie vorgestern erlebt hat, ist sie selbst immer noch völlig fertig mit den Nerven.«

»Sie hat meine Freundin gefunden, ja?« Schumke richtete seinen Blick wieder auf Suna. »Hat Jussi noch irgendwas gesagt, bevor sie gestorben ist?«

Suna hatte Mühe, sich ihr Erstaunen über diese Frage nicht anmerken zu lassen. Es war weniger die Formulierung der Frage als der kühle Unterton, der plötzlich in Schumkes Stimme lag und ihr Misstrauen weckte.

»Äh, das hat sie wohl versucht«, gab sie ausweichend zurück. »Aber leider hat Henrike nichts davon verstehen können. Meinen Sie denn, dass es irgendetwas gab, das Frau Mancini Ihnen vielleicht noch sagen wollte?«

Schumke stand auf, ging zur Kommode hinüber und nahm das gerahmte Foto von ihm und seiner Freundin in die Hand.

»Keine Ahnung«, sagte er tonlos, ohne den Blick von dem Bild abzuwenden. »Es gab jedenfalls noch eine Menge, das ich ihr sagen wollte. Wenn ich geahnt hätte ...«

Er beendete den Satz nicht. Stattdessen stellte er das Foto zurück und setzte sich wieder zu Suna an den Tisch. Mit beiden Händen rieb er sich über das Gesicht, bevor er sich ihr wieder zuwandte.

»Wissen Sie, was Frau Mancini auf dem Parkplatz gemacht hat?«, erkundigte sich Suna. »Wollte sie jemanden in der Klinik besuchen?«

»Einer von den Jugendlichen, um die sie sich gekümmert hat, ist gerade im Krankenhaus.« Schumke lächelte traurig. »Keine Ahnung, was er hat, aber Jussi hat sich natürlich Sorgen um ihn gemacht. Wenn es um die Kids ging, kannte Jussi keinen Feierabend. Sie war immer für sie da und hat viel mehr gemacht, als sie eigentlich musste. Wenn sie die ganzen Überstunden bezahlt gekriegt hätte, würden wir im Luxus schwelgen. Aber so war sie eben.« Schumke zuckte die Achseln.

»Es ist doch schön, wenn der Beruf eine Berufung ist.« Suna lächelte. »Oder hatten Sie das Gefühl, dass Sie selbst dabei zu kurz gekommen sind?«

Schumke sah sie an. In seiner Miene spiegelte sich echtes Erstaunen wieder. »Nein, wieso? Jussi war glücklich, wenn sie helfen konnte. Und ich war glücklich, wenn es ihr gut ging. Außerdem ist es ja nicht so, dass ich nur zu Hause gesessen habe und darauf gewartet habe, dass sie endlich von ihrem Job zurückkommt. Ich bin gerade dabei, mir mit einer Kampfsportschule eine eigene Existenz aufzubauen. Das kostet viel Zeit. Da blieb für uns beide sowieso schon nicht so viel übrig. Eigentlich viel zu wenig. Ganz ehrlich, inzwischen mache ich mir fast Vorwürfe, dass ich nicht mehr mit Jussi unternommen und sie ein bisschen mehr verwöhnt habe. Sie hätte es auf jeden Fall verdient gehabt.«

»Verstehe«, nickte Suna. Mit gesenkter Stimme fragte sie: »Herr Schumke, bisher ist der Fahrer, der den Unfall verursacht hat, ja noch nicht gefunden worden. Können Sie sich vorstellen, dass jemand Ihrer Freundin vielleicht schaden wollte? Hatte sie vor irgendjemandem Angst?«

»Angst?«, wiederholte er verständnislos. Dann schüttelte er den Kopf. »Nein natürlich nicht. Dieser Kommissar Steffens von der Polizei hat mich schon dasselbe gefragt, aber Jussi war der liebste Mensch, den man sich vorstellen kann. Auf keinen Fall wollte irgendjemand sie umbringen!«

Schumke sprang von seinem Stuhl auf und begann, unruhig im Zimmer hin und her zu gehen.

»Nein, auf keinen Fall«, murmelte er gedankenverloren. »Jussi hatte keine Feinde. Es war einfach nur ein normaler Unfall. Ein verdammter, beschissener Unfall. Sie war einfach nur zur falschen Zeit am falschen Ort.«

Suna beobachtete ihn eine Weile, entschied jedoch schließlich, dass es besser wäre, ihn jetzt allein zu lassen.

Sie stand auf und verabschiedete sich, doch Schumke schien es kaum wahrzunehmen.

»Ach, eine Frage noch«, wandte sie sich noch einmal an ihn, bevor sie das Zimmer verließ. »Wissen Sie schon, wann die Beerdigung sein wird?«

Abrupt blieb Schumke stehen und starrte sie an. Seine Miene verdüsterte sich sichtlich.

»Es wird keine Beerdigung geben, zumindest nicht hier in Lübeck. Jussis Eltern haben mir gnädigerweise die Nachricht zukommen lassen, dass sie ihre Tochter noch diese Woche nach Italien bringen lassen, um sie dort zu begraben. Und bevor Sie fragen: Nein, ich bin dazu nicht eingeladen.«

*

»Da brauche ich Jahre, wenn nicht Jahrzehnte, bis ich das alles gelesen habe«, murmelte Henrike, während sie lose Zettel, kopierte Artikel und gut gefüllte Schnellhefter von Leons Schreibtisch sammelte und in einen Karton stapelte.

Noch beim Einräumen überflog sie das Geschriebene und suchte nach den Begriffen *tempus fugit* und *Jussi Mancini*, aber bisher hatte sie dabei kein Glück gehabt. Abgesehen davon, dass Leons Handschrift extrem schwer zu lesen war, schien er in seinen Notizen auch keinerlei Ordnung zu haben. Stichworte mischten sich mit Adressen und Telefonnummern. Dazwischen gab es noch ein paar Internet-Adressen. Anderes ließ sich erst gar nicht entziffern.

Eigentlich hatte sie sich vorgenommen gehabt, den Vormittag in Leons Wohnung zu verbringen, seine Notizen ein wenig zu ordnen und nach Hinweisen danach zu suchen, womit er sich zuletzt beschäftigt hatte. Doch schon, als sie sich in der kleinen Küche einen Kaffee gemacht hatte, war ein mulmiges Gefühl in ihr aufgestiegen. Und als sie kurz darauf am Schreibtisch saß, hatte das Unwohlsein überhand genommen.

Noch immer hielt sie es für möglich, dass Leon seinen Laptop an irgendeinem sicheren Ort deponiert hatte. Aber was, wenn nicht? Wenn doch jemand in seine Wohnung eingedrungen war und den Computer gestohlen hatte?

Und was war, wenn der Kerl sich entschied, noch einmal wiederzukommen?

Kurzentschlossen hatte sie sich einen leeren Karton geschnappt, den sie vorher in der Küche entdeckt hatte, und hatte angefangen, alles einzupacken. Die Zettel und Unterlagen konnte sie genauso gut in ihrer eigenen Wohnung durchgehen, dachte sie. Dort hätte sie mehr Ruhe. Und sie würde sich wesentlich wohler fühlen.

Als sie kurz darauf die Wohnungstür hinter sich zuschloss und die ersten Treppenstufen nach unten stieg, hörte sie, wie ein Stockwerk weiter unten eine Tür geöffnet wurde. Eine ältere Frau in einem dicken grauen Wintermantel erschien auf dem Treppenabsatz. An einer Leine hielt sie einen kleinen weißen Hund.

»Hallo Frau Glogowski«, grüßte Henrike freundlich.

»Ach Frau Brandt, Sie sind es.« Die alte Frau strahlte über das ganze Gesicht. »Das ist aber schön, Sie mal wieder zu sehen. Geht es Ihrem Bruder besser? Ist er wieder zu Hause? Ich habe ihn noch gar nicht gesehen.«

Henrike schüttelte traurig den Kopf. »Nein, er muss leider noch eine Weile im Krankenhaus bleiben. Ich wollte nur ein paar Sachen für ihn holen.« Mit einem Kopfnicken deutete sie auf den Karton, den sie trug.

Das entsprach zwar nicht ganz der Wahrheit, aber sie hatte jetzt weder Zeit noch Lust auf lange Erklärungen. Sie war froh, dass sie den Karton zugeklappt hatte, bevor sie die Wohnung verlassen hatte. Der Stapel Papiere, den sie mit sich herumschleppte, hätte sonst garantiert für eine Reihe neugieriger Fragen gesorgt.

»Ach, das ist aber schade«, meinte Frau Glogowski voller Mitgefühl in der Stimme. »Dabei habe ich gerade gedacht, dass er aus dem Krankenhaus entlassen worden ist und Sie ihn hier besuchen.«

»Leider nein. Trotzdem ist es gut, dass ich Sie treffe«, wechselte Henrike das Thema. Sie wollte nicht mit der Nachbarin über Leons Zustand sprechen, auch wenn diese ehrlich besorgt um ihn zu sein schien. Es war einfach zu schmerzhaft für sie selbst.

»Ich möchte mich nämlich bei Ihnen bedanken, dass Sie den Krankenwagen gerufen haben, als mein Bruder den Unfall hatte«, sagte sie stattdessen. »Da hat er wirklich Glück gehabt. Wenn er die ganze Nacht auf der Treppe gelegen hätte ...«

Sie beendete den Satz nicht. Ihr Gehirn weigerte sich einfach, den Gedanken zu Ende zu führen.

Frau Glogowski schien sich sehr über Henrikes Dankbarkeit zu freuen, winkte jedoch ab. »Ach, das war doch selbstverständlich«, sagte sie verlegen. »Glücklicherweise habe ich ja das Poltern gehört, als er gestürzt ist. Ehrlich gesagt habe ich mich zuerst sogar ein bisschen geärgert, dass jemand mitten in der Nacht im Treppenhaus so einen Lärm macht. Aber dann dachte ich mir, dass da vielleicht was passiert ist. Man will sich ja hinterher keine Vorwürfe machen müssen. Also habe ich vorsichtshalber doch nachgesehen.«

»Und das war auch gut so«, warf Henrike ein.

»Ich habe mich ganz schön erschreckt, als ich die Tür aufgemacht habe, das kann ich Ihnen sagen«, fuhr die

Nachbarin fort. »Ihr Bruder lag ja hier auf dem Treppenabsatz, beinahe direkt vor meiner Tür. Und er hat grässlich gestöhnt, der Arme! Und dann überall das viele Blut. Er hatte ja ein paar Wunden am Kopf, die schrecklich geblutet haben.«

Henrike spürte, dass sie bei den Worten der alten Frau innerlich verkrampfte, bemühte sich aber darum, es nicht zu zeigen.

»War mein Bruder denn allein?«, erkundigte sie sich. Ein leichtes Zittern lag in ihrer Stimme, doch sie hoffte, dass Frau Glogowski es nicht bemerken würde.

Diese sah sie erstaunt an. »Ja, ich denke schon. Ich habe zumindest niemanden sonst bemerkt.«

»Aber Sie waren nicht oben und haben nachgesehen?«, hakte Henrike nach.

»Äh, nein.« Die Nachbarin war sichtlich verwirrt von Henrikes Frage. »Warum sollte ich auch? Wenn noch jemand mit ihm zusammen oben gewesen wäre, hätte er sich doch sicher zuerst um Ihren Bruder gekümmert und den Notruf gewählt. Dann hätte ich das ja gar nicht mehr machen müssen.«

»Sicher.« Henrike nickte zustimmend.

Doch ein Gedanke ließ sie nicht los: War es möglich, dass sich tatsächlich ein Angreifer auf Leon gestürzt hatte, und zwar, nachdem der seine Wohnungstür bereits aufgeschlossen hatte? Es wäre ein Leichtes für ihn gewesen, in Leons Wohnung zu verschwinden und in Ruhe abzuwarten, bis die Sanitäter den Verletzten abtransportiert hatten. Danach hätte er den Laptop einpacken und das Haus verlassen können, ohne dass jemand etwas davon bemerkt hätte.

Angestrengt versuchte Henrike sich zu erinnern, ob Leons Wohnungstür abgeschlossen oder nur zugezogen gewesen war, als sie nach dem Unfall zum ersten Mal die Wohnung betreten hatte. Aber sie konnte es beim besten Willen nicht mehr sagen.

Frau Glogowski riss sie aus ihren Gedanken.

»Da fällt mir ein, ich habe da ja noch was für Sie«, sagte sie und verschwand wieder in ihrer Wohnung, während sich ihr kleiner Hund strikt weigerte, ohne seinen Spaziergang wieder reinzugehen. Stoisch blieb er auf dem Treppenabsatz sitzen.

Es dauerte nur wenige Sekunden, bis die Nachbarin wieder zurückkam. In der Hand hielt sie ein Handy, das sie Henrike entgegenstreckte.

»Das habe ich am Morgen nach dem Unfall Ihres Bruders auf der Treppe gefunden«, erklärte sie. »Gehört das ihm? Ich dachte, es ist ihm vielleicht aus der Tasche gerutscht, als er gefallen ist.«

Henrike warf einen Blick auf das Gerät. Es hatte eine tiefe Kerbe im Gehäuse und das Display war völlig zersplittert, trotzdem erkannte sie es sofort.

»Ja, das ist seins«, meinte sie, während sie es entgegennahm. »Das muss er wohl bei dem Sturz verloren haben. Ich werde es gleich reparieren lassen. Danke.«

»Gern«, erwiderte die alte Dame lächelnd. »Ohne Smartphone ist man doch heutzutage aufgeschmissen.« Sie griff in ihre Manteltasche und zog ein überdimensionales Handy hervor. »Ich gehe jedenfalls nicht mehr ohne aus dem Haus. Meine Schwester schickt mir ständig Nachrichten, und wenn ich mal nicht erreichbar bin, meckert sie gleich rum. Deswegen antworte ich immer lieber sofort.«

»Hört sich stressig an.« Henrike konnte sich ein leises Kichern nicht verkneifen.

»Das ist es auch«, bestätigte die Nachbarin und verdrehte theatralisch die Augen. »Ach ja, wo wir gerade bei Erreichbarkeit sind, hat die junge Frau denn mit Ihnen gesprochen?«

Henrike runzelte die Stirn. »Die junge Frau? Welche Frau?«

»Kurz nach dem Unfall war eine junge Frau hier«, erklärte Frau Glogowski. Sie überlegte einen Moment lang. »Genau, das war an dem Abend, als es so neblig war. Es muss schon spät gewesen sein, weil ich gerade vom Abendspaziergang mit dem Hund zurückgekommen bin. Auf jeden Fall nach sieben. Ich habe sie draußen vor der Haustür getroffen, und sie hat mir gesagt, dass sie zu Ihrem Bruder möchte. Da habe ich ihr von dem Sturz erzählt. Sie wusste noch nichts davon und war ziemlich betroffen.«

»Wissen Sie den Namen der Frau?«, erkundigte sich Henrike. Ihre Stimme fühlte sich plötzlich seltsam kratzig an.

Frau Glogowski schüttelte den Kopf. »Den hat sie mir nicht gesagt, und ich habe sie auch nicht gefragt. Sie war so um die dreißig, schätze ich, schlank und hatte lange schwarze Haare. Eine wirklich hübsche Frau.«

Jussi Mancini.

Henrike nickte, brachte aber keinen Ton heraus.

»Ich habe ihr gesagt, in welches Krankenhaus die Sanitäter Ihren Bruder gebracht haben. Und dass Sie dort wahrscheinlich auch anzutreffen sind«, fuhr die alte Dame unbefangen fort. Doch plötzlich wirkte sie besorgt. »Ich hoffe doch, das war in Ordnung?«

»Natürlich war es das«, versicherte ihr Henrike schnell. »Ich weiß jetzt, wen Sie meinen. Ich habe an dem Abend noch mit ihr gesprochen.«

Unter welchen Umständen das passiert war, erwähnte sie allerdings lieber nicht.

»Gut, ich sollte jetzt wohl rausgehen«, meinte Frau Glogowski. Mit einem Kopfnicken deutete sie auf ihren Hund, der leise zu winseln begonnen hatte. »Sonst muss ich gleich noch eine Pfütze wegputzen. Richten Sie Ihrem Bruder Grüße von mir aus, ja? Und wünschen Sie ihm gute Besserung.«

»Das werde ich«, versprach Henrike lächelnd.

Und sie hoffte inständig, dass er etwas davon mitbekommen würde.

*

Suna bahnte sich einen Weg zwischen zwei abrissreifen Mietshäusern hindurch. Beide Gebäude stammten schätzungsweise aus den fünfziger Jahren und sahen so aus, als wäre seit ihrem Bau nichts an ihnen gemacht worden. Die Dächer waren von Flechten und Moos überzogen, die Fenster hingen schief in den Angeln, einige Scheiben hatten Sprünge oder waren eingeschlagen. Eine Satellitenschüssel fristete ihr einsames Dasein vor der schmutzig grauen Fassade, deren ursprüngliche Farbe nicht einmal mehr zu erkennen war.

Suna hoffte, dass Rebecca ihr die richtige Adresse gegeben hatte. Selbst für eine Hausbesetzung wirkten die Häuser eigentlich zu heruntergekommen. Doch noch bevor sie in den Hinterhof einbog, schlug ihr Stimmengewirr entgegen.

»Das hat doch alles überhaupt keinen Sinn mehr«, hörte sie eine Jungenstimme. »Ich pack' jetzt meinen Scheiß zusammen und haue ab.«

»So einfach aufgeben will ich aber auch nicht«, widersprach ein Mädchen in trotzigem Tonfall. »Jetzt schon gar nicht.«

Die Jugendlichen hatten es sich trotz der Oktoberkälte auf alten Polstermöbeln bequem gemacht, die jemand im Hof aufgestellt hatte. Die Stimmung wirkte gedrückt.

Es dauerte nicht lange, bis Suna die Bestätigung bekam, dass sie am richtigen Ort war.

»Ohne Jussi brauchen wir gar nicht mehr weiter zu machen«, sagte ein großer, schlaksiger Kerl mit dunkelblonder Rasta-Frisur, der auf der Kante eines abgewetzten Ledersessels saß und die Ellbogen auf die Knie gestützt hatte. Neben ihm auf dem Boden stand eine halbvolle Rotweinflasche.

In seinem Fall wohl eher halbleer, dachte Suna grimmig. Ihr ging es gegen den Strich, die jungen Menschen, die fast noch Kinder waren, so verwahrlost zu sehen. Sie wirkten viel zu ernst für ihr Alter. Und irgendwie desillusioniert.

Hoffnungslos, dachte sie. Genau das war das richtige Wort. Alles an den Jugendlichen strahlte Hoffnungslosigkeit aus, jeder von ihnen auf seine eigene Art und Weise.

»Redet ihr von Jussi Mancini?«, fragte sie laut genug in die Runde, damit alle sie verstehen konnten. Sie bemühte sich um ein freundliches, aber nicht aufgesetzt wirkendes Lächeln.

»Was geht dich das an?«, knurrte ein Mädchen mit grünen Haaren und einer so löchrigen Jeans, dass Suna schon beim Hinsehen zu frieren begann.

»Es geht mich natürlich gar nichts an, was ihr untereinander zu besprechen habt«, gab Suna unumwunden zu. »Aber ich würde mich gern mal mit euch über Jussi unterhalten.«

»Bist du 'ne Bullette?«, fragte der Typ mit den Rastalocken. Nicht nur seine Miene, sondern auch seine gesamte Körperhaltung drückte pures Misstrauen aus. Er hatte die Arme vor der Brust verschränkt und blickte sie finster an.

Suna schüttelte den Kopf, weiterhin um Freundlichkeit bemüht. »Nee, ich bin nicht von der Polizei. Und auch nicht von der Presse. Ich kannte Jussi und wollte einfach mal mit euch reden.«

Das Misstrauen in den Mienen der Jugendlichen schien bei ihren Worten jedoch eher noch zu wachsen.

»Keine Angst, ich will niemanden ausspionieren«, versicherte sie ihnen. »Und ich will auch keinen dazu drängen, wieder zu seinen Eltern zurückzugehen oder so was in der Art. Mir geht es einzig und allein um Jussi.«

»Verpiss dich!«, grunzte ein dicklicher Junge, der bestimmt nicht älter als vierzehn oder fünfzehn war. Er ergriff eine fast leere Wodkaflasche und drohte, sie nach Suna zu werfen. Aber sein Alkoholpegel war anscheinend schon so hoch, dass die Flasche ihm einfach aus der Hand fiel und auf dem Boden zerschellte.

»Ey, Felix, du Vollspacko«, grunzte sein Sofanachbar entsetzt. »Das war meine Flasche, du Arsch!«

»Wer Alk verschenkt, wird aufgehängt«, krähte ein anderer aus der Runde.

Vollkommen zwecklos, dachte Suna, während das Mädchen mit der löchrigen Jeans eine leere Bierflasche in Richtung der beiden Jungen warf, die inzwischen auf dem Sofa zu raufen begonnen hatten. Vielleicht konnte sie später einen der Jugendlichen allein abpassen und ein bisschen aushorchen. In der großen Runde, in der sie jetzt zusammensaßen, würde sie aber kaum eine vernünftige Antwort auf ihre Fragen bekommen, so viel war sicher.

Sie wandte sich zum Gehen.

Als sie gerade um die Hausecke bog und zurück auf die Straße trat, hörte sie plötzlich eine helle, klare Stimme hinter sich.

»Hey, Moment, warten Sie doch mal!«

Suna drehte sich um und entdeckte ein junges Mädchen, das sie vorher nicht in der Runde der Jugendlichen gesehen hatte. Sie war groß und sehr schlank, hatte einen dunklen Teint und auffällige, zu dünnen Zöpfen geflochtene schwarze Haare. Sie war vielleicht sechzehn, maximal siebzehn Jahre alt.

»Ja?«, fragte Suna freundlich.

»Nehmen Sie die Idioten bloß nicht zu ernst«, riet ihr das Mädchen. Im Gegensatz zu den anderen schien sie vollkommen nüchtern zu sein. »Normalerweise sind die nicht ganz so schlimm, aber das mit Jussi hat uns alle ziemlich mitgenommen.«

Suna nickte. »Verstehe. Ist schon ’ne heftige Geschichte. Damit muss man erst mal klarkommen.«

»War sie ’ne gute Freundin von Ihnen?«, erkundigte sich das Mädchen interessiert.

Suna zögerte einen Augenblick lang und überlegte, welche Geschichte sie dem Mädchen auftischen sollte.

Die Wahrheit, entschied sie spontan. Das Mädchen wirkte aufgeweckt genug, um ein Lügengebilde ziemlich schnell zum Einsturz zu bringen.

»Nein, genau genommen kannte ich sie gar nicht«, gab sie daher offen zu. »Ich bin Privatdetektivin. Die Frau, die Jussi gefunden hat, nachdem sie angefahren worden ist, hat mich engagiert, weil sie mehr über den Unfall erfahren will. Mein Name ist übrigens Suna.«

Das Mädchen musterte sie aus ihren hübschen braunen Augen, dann verzog sich ihr Gesicht zu einem Lächeln. »Okay. Ich bin Adana. Was halten Sie davon, wenn Sie mir 'ne Kleinigkeit zu essen spendieren? Ich beantworte dann so lange ihre Fragen, wie das Essen dauert.«

»Hört sich nach einem guten Kompromiss an«, meinte Suna amüsiert. »Was darf's denn sein? Pizza? Burger? Italienisch? Oder vielleicht ein Steak?«

»Ehrlich gesagt« – Adanas Grinsen wurde noch breiter – »fahre ich gerade voll auf Fischbrötchen ab.«

*

»Danke!«

Suna nahm die beiden in Papier gewickelten Fischbrötchen von dem Händler entgegen. Sie ging zu dem Stehtisch hinüber, den Adana schon für sie reserviert hatte. Eines der Brötchen reichte sie Adana, bevor sie herzhaft in ihr eigenes biss.

»Also?«, fragte Adana kauend. »Was wollen Sie wissen?«

»Erzähl mir einfach ein bisschen über Jussi«, forderte Suna sie auf. »Was dir gerade in den Sinn kommt.«

Adana überlegte einen Moment lang. Ihr Gesicht verzog sich zu einem traurigen Lächeln.

»Jussi war echt toll«, begann sie schließlich. »Ich habe vorher noch nie jemanden wie sie kennengelernt. Wissen Sie, es gibt ja einige von diesen Sozialarbeitern oder Streetworkern, die sich um uns kümmern. Die meisten davon sind ganz okay. Aber bei Jussi hatte man den Eindruck, dass sie sich wirklich für jeden Einzelnen interessiert. Sie wollte, dass es uns gut geht.«

»Und das wollten die anderen nicht?«, fragte Suna verwundert.

»Doch, schon«, sagte Adana gedehnt. »Aber nicht so wie Jussi. Wir waren ihr wirklich wichtig. Bei den meisten anderen geht es doch nur darum, dass sie sich selbst besser fühlen, wenn sie anderen helfen. Die wollen gebraucht werden und fühlen sich dann ganz toll. Ich glaube, die brauchen das einfach für ihr Ego.«

Suna hob erstaunt die Augenbrauen. So eine abgeklärte Sichtweise hatte sie dem jungen Mädchen gar nicht zugetraut, auch wenn sie so viel Zynismus in diesem jungen Alter eher erschreckend fand.

»Jedenfalls hat Jussi sich voll für uns eingesetzt«, fuhr Adana fort. »Wir konnten uns immer an sie wenden, mit jedem Problem und zu jeder Zeit. Dafür hat sie nie irgendeine übertriebene Dankbarkeit erwartet oder so. Sie wollte auch nie auf gute Freundin mit uns machen, wie das bei anderen manchmal ist. Best friends forever und so 'n Scheiß, Sie wissen schon. Und sie wollte zusammen mit uns dafür kämpfen, dass wir in dem Haus bleiben können.«

»Du meinst das alte Mietshaus, wo ihr eben gewesen seid?«, hakte Suna nach. »Das mit der Sofaecke im Hinterhof?«

Adana nickte. »Es soll bald abgerissen werden, damit da ein neuer, toller Wohnblock entstehen kann. Aber Jussi wollte, dass das Haus erhalten bleibt. Dass es nur saniert wird und wir die untere Etage weiter nutzen können. Deswegen wollte sie einen Verein gründen. Der sollte unsere Interessen vertreten, hat sie gesagt. Aber sie hat deswegen ganz schön Ärger gekriegt.«

Suna sah sie interessiert an. »Von wem?«

»Von mehreren Leuten«, antwortete Adana vage. »Sie hat irgendwelchen Typen bei der Stadtverwaltung die Hölle heiß gemacht, dass sie sich für uns einsetzen. Aber das Haus war wohl schon verkauft. Und der Typ, der es gekauft hat, war überhaupt nicht mit ihren Plänen einverstanden. Der wollte uns unbedingt raushaben. Er hat gesagt, dass wir den Wert des Grundstücks massiv nach unten drücken.« Sie zog eine Grimasse. »So 'n Affenarsch!«

»Weißt du, wie der Kerl heißt?«, wollte Suna wissen.

Adana runzelte die Stirn, während sie nachdachte. »Er hatte so 'nen komischen Namen. Jussi hat ihn mal erwähnt, als wir über das Haus und den Abriss geredet haben. Sparre, glaube ich, hieß er. Oder zumindest so ähnlich. Er muss echt ein ziemliches Arschloch sein. Jussi hat mir in einem stillen Moment mal gesagt, dass er ihr Angst macht. Weswegen das so war, hat sie mir aber nicht erzählt.«

»Du bist ja gut informiert«, bemerkte Suna anerkennend.

Sie war erstaunt, wie viel Adana wusste. Anscheinend hatten Jussi Mancini und sie sich recht nahe gestanden, wenn Jussi mit ihr solche Informationen geteilt hatte. Damit musste Adana eine Ausnahme gewesen sein. Nachdem sie die anderen Jugendlichen kurz kennengelernt hatte, konnte sich Suna kaum vorstellen, dass die Streetworkerin mit allen von ihnen so vertraut umgegangen war.

Sie überlegte kurz. Die Geschichte mit dem Investor war ein ganz neuer Ansatzpunkt, den sie verfolgen konnte. Vielleicht würde sie auf diesem Weg weiterkommen.

War es möglich, dass dieser Sparre Jussi aus dem Weg hatte räumen lassen? Wenn er tatsächlich eine Stange Geld verloren hätte, falls Jussi sich mit ihren Plänen durchgesetzt hätte, hatte er zumindest ein schlüssiges Motiv.

»Irgendwie kann ich es immer noch kaum fassen, dass Jussi jetzt nicht mehr da sein soll«, unterbrach Adana Sunas Gedankengänge. »Das ist echt scheiße. Sie war die Einzige, auf die ich mich immer verlassen konnte.« Sie schniefte laut und wischte sich mit dem Jackenärmel über die Nase.

»Was ist denn mit deiner Familie?«, fragte Suna behutsam. »Gibt es da niemanden, auf den du dich verlassen kannst?«

»Ach, die!« Adana lachte höhnisch auf. »Wenn ich mich bei denen auf eins verlassen kann, dann darauf, dass sie mich tyrannisieren. Ich soll ein anständiges Mädchen sein, sagen meine Eltern. Ich soll mich nicht mit Jungs treffen, nicht tanzen gehen und am besten gar nicht leben. Wenn es nach ihnen ginge, würde ich den ganzen Tag brav zu Hause sitzen, zusammen mit meiner Mutter die Hausarbeit machen und ansonsten meinen Mund halten. Und am liebsten hätten sie es wohl, wenn ich möglichst bald einen anständigen Mann heiraten würde, damit sie die Verantwortung für mich los sind. Natürlich einen, den sie für mich ausgesucht haben. Ob es mir dabei gut geht oder nicht, ist denen doch vollkommen egal.«

Suna sah sie mitfühlend an. »So schlimm?«

»Noch schlimmer.« Adana lachte freudlos auf. »Und es sind ja nicht nur meine Eltern. Meinem großen Bruder ging es immer nur darum, dass ich der Familie bloß keine Schande mache. Und selbst mein jüngerer Bruder meint immer, mich ständig rumkommandieren zu können, nur weil ich ein Mädchen bin. Und von meinen Onkels, Tanten, Cousins und Cousinen will ich lieber gar nicht anfangen. Ich habe die Schnauze so voll davon, das können Sie mir glauben.«

»Das verstehe ich gut«, sagte Suna ehrlich. Sie dachte an ihre eigene, gescheiterte Ehe zurück. »Ich habe auch riesige Probleme damit, wenn mir jemand vorschreiben will, was ich zu tun und zu lassen habe. Trotzdem ist es in deinem Alter bestimmt nicht das Optimale, auf der Straße zu leben.«

Adana sah sie bedrückt an.

»Sie kennen meine Familie nicht«, gab sie zurück. Ihre Stimme war fast nur noch ein Flüstern. »Auf der Straße bin ich sicherer als in irgendeiner Einrichtung, in der man mich leicht aufspüren kann. Wenn meine Familie mich findet, bin ich so gut wie tot.«

*

Lucia stellte ihre Teetasse vor sich auf der Schreibtischplatte ab und ließ sich wieder in ihren Schreibtischsessel fallen, um mit ihren Recherchen weiterzumachen. Wie immer war sie mit Feuereifer bei der Arbeit.

Sie war froh, dass Suna ihr die Chance gegeben hatte, in ihrer kleinen Detektei mitzuarbeiten, nachdem sie sich bei einem von Sunas früheren Fällen kennengelernt hatten. Durch den Bürojob konnte sie sich nicht nur finanziell über Wasser halten, sondern sie hatte auch eine sinnvolle Beschäftigung, die ihr viel Spaß machte.

Vor einigen Jahren war sie aus Argentinien nach Lübeck gekommen, weil sie sich in einen Deutschen verliebt und ihn geheiratet hatte. Ein fataler Fehler, wie sich innerhalb von kurzer Zeit herausgestellt hatte. Aber das Kapitel Ehe war zum Glück Geschichte und sie weigerte sich schlichtweg, noch einmal daran zu denken. Jetzt wollte sie nur noch nach vorn sehen, und wenn sie anderen

Menschen wie Henrike Brandt helfen konnte, würde ihr das noch viel leichter gelingen.

Allerdings brummte ihr inzwischen ganz schön der Schädel. Obwohl sie innerhalb von kurzer Zeit sehr gut Deutsch gelernt hatte, strengte sie die Recherche im Internet immer noch ganz schön an.

»Aber immerhin warst du bisher schon ganz schön erfolgreich«, sagte sie sich selbst. Zufrieden blickte sie auf den Zettel, auf dem sie ihre Rechercheergebnisse notiert hatte, und wählte Sunas Handynummer, um ihre Chefin auf den neuesten Stand zu bringen.

In der gleichen Sekunde, als Suna das Gespräch annahm, ertönte ein ohrenbetäubendes Klopfen.

»Warte kurz«, sagte Lucia in den Telefonhörer, sprang auf und trat genau an der Stelle gegen das Heizungsrohr, die Suna ihr gezeigt hatte. Sofort wurde es still.

»Sind die Klopfkäfer wieder unterwegs und geben Liebeszeichen?«, erkundigte sich Suna trocken.

Lucia seufzte. »Ja, schon zum dritten Mal heute.«

»Ich glaube, irgendwann muss ich mal unserem Vermieter aufs Dach steigen«, meinte Suna genervt. »Langsam geht das wirklich zu weit. Bei dem Lärm kann doch niemand arbeiten. Mal ganz abgesehen davon, dass er uns sämtliche Klienten vertreibt.«

Lucias Gesicht verzog sich zu einem glücklichen Lächeln. Nicht, weil Suna vorhatte, sich mit dem Vermieter der Detektei anzulegen, sondern wegen des kleinen Wortes *unser*. *Unser* Vermieter, hatte Suna gesagt und ihr damit deutlich zu verstehen gegeben, dass Lucia inzwischen fest dazugehörte, selbst wenn es Suna vielleicht gar nicht bewusst gewesen war.

»Also, hast du was für mich?«, erkundigte sich ihre Chefin und riss Lucia damit aus ihren Gedanken.

»Einiges«, gab Lucia zurück, glücklich darüber, dass sie tatsächlich auf ein paar Auffälligkeiten gestoßen war, als sie wegen Sparre, dem Investor, den Adana erwähnt hatte, recherchiert hatte.

»Sparres voller Name ist Anton Wilhelm Sparre«, berichtete sie in sachlichem Ton. »Er stammt eigentlich aus München, seine Firma sitzt aber inzwischen hier in Lübeck. Von da aus kauft er alles auf, was irgendwie danach aussieht, dass man damit viel Geld machen kann. Das können Firmen sein, die kurz vor der Pleite stehen, oder auch heruntergekommene Häuser. Die Firmen teilt er meistens auf und verkauft die einzelnen Teile, die noch wertvoll sind. Die restlichen lässt er einfach kaputtgehen. Was mit den Leuten passiert, die da arbeiten, ist ihm wohl vollkommen egal. Und anscheinend ist er auch ziemlich gut darin, Gesetze – na ja, sagen wir mal: nicht so ganz zu befolgen. Er stand deswegen schon mehrmals vor Gericht, ist aber irgendwie immer ohne Strafe davongekommen.«

»Verdacht auf betrügerischen Konkurs?«, hakte Suna nach.

Lucia nickte. »Ja, ich glaube, genau so hieß das.«

»Und was ist mit den Immobilien?«, wollte Suna wissen.

»Da ist es wohl noch schlimmer«, antwortete Lucia. »Sparre kauft alte Häuser auf, lässt sie abreißen und stellt dann Einkaufszentren, Bürokomplexe, Blöcke mit teuren Eigentumswohnungen oder Ähnliches auf die Grundstücke. Die verkauft er dann weiter oder vermietet sie zu ziemlich heftigen Preisen. Und das nicht nur in Lübeck, sondern in der ganzen Region zwischen Hamburg und Flensburg, und auch noch ein Stück Richtung Osten. Ich habe da so ein Forum im Internet entdeckt, in dem Leute geschrieben haben, die mit seiner Firma zu tun hatten.

Und da wird so einiges erzählt. Zum Beispiel scheint Sparre immer vorher zu wissen, in welcher Gegend sich es lohnt, Geld zu investieren.«

»Du meinst, er kriegt von irgendwem Insiderinformationen?«, warf Suna ein.

»Es sieht ganz danach aus«, erwiderte Lucia. Ihre Wangen hatten sich vor Aufregung gerötet. »Jedenfalls ist es ihm wohl noch nicht passiert, dass er mal so ein richtiges Verlustgeschäft gemacht hat. Das allein finde ich schon ziemlich verdächtig, aber das ist noch nicht alles. Es wird noch interessanter. Es gibt da in diesem Forum nämlich auch ziemlich schlimme Anschuldigungen gegen Sparre.« Sie senkte instinktiv die Stimme, als sie weitersprach. »Wenn nämlich die Leute, die in den heruntergekommenen Häusern gewohnt haben, nicht ausziehen wollten, gab es wirklich schlimmen Ärger. Einige von ihnen haben geschrieben, dass sie bedroht worden sind. Und ich habe mindestens fünf Fälle gefunden, in denen genau neben so einer Wohnung ein Feuer ausgebrochen ist – entweder im Flur oder in einer leer stehenden Nachbarwohnung.«

»Verstehe«, meinte Suna in verächtlichem Ton. »Warmen Abriss nennt man so was üblicherweise. Entweder das Haus brennt komplett aus und wird dadurch unbewohnbar, oder die verbleibenden Bewohner bekommen so viel Angst, dass sie irgendwann freiwillig das Feld räumen. Aber ich nehme an, man konnte Sparre auch in diesen Fällen nichts nachweisen, oder?«

»Konnte man nicht«, bestätigte Lucia. »Ich habe dir übrigens eine genaue Liste mit allen Daten gemacht, falls du dir irgendeinen von den Fällen genauer ansehen willst.«

»Ein Mensch, der mitdenkt«, seufzte Suna glücklich. »Kannst du mir irgendeinen vernünftigen Grund sagen, warum ich dich nicht schon früher eingestellt habe?«

Lucia spürte, dass ihre Wangen vor Stolz über das Kompliment anfingen zu brennen. »In einem Fall war es übrigens ganz besonders übel«, setzte sie jedoch ihren Bericht fort, ohne auf Sunas Bemerkung einzugehen. »Da ging es um ein Mietshaus hier in Lübeck. Ein alter Mann hat sich geweigert, aus seiner Wohnung auszuziehen. Dann ist in der Wohnung nebenan auch ein Feuer ausgebrochen. Und das hat sich ganz schnell ausgebreitet, weil da so ein komischer brennbarer Fußboden verlegt war. Deshalb hat es der Mann nicht mehr rechtzeitig raus geschafft, und die Feuerwehr konnte ihn auch nicht mehr rausholen. Er ist in seiner eigenen Wohnung verbrannt.«

Suna stieß hörbar die Luft aus. »Das ist ganz schön krass.«

»Genau.« Wieder nickte Lucia. »Und was ich fast noch schlimmer finde: Es ist zwar klar, dass der Brand absichtlich gelegt worden ist, und eigentlich weiß wohl auch jeder, dass Sparre dafür verantwortlich ist. Aber er musste deswegen nicht ins Gefängnis.«

»Weil man ihm nichts nachweisen kann«, ergänzte Suna düster. »Na ja, ganz blöd scheint der Kerl also nicht zu sein. Aber es zeigt ganz gut, wie viel kriminelle Energie in ihm steckt. Falls also Jussi und Leon da wirklich auf etwas gestoßen sein sollten, das Sparre belastet, könnte er tatsächlich etwas mit ihren angeblichen Unfällen zu tun haben. Auf jeden Fall würde es zu dem Eindruck von Matthias Grabner passen, dass Leon an einer heißen Story dran war. Ich denke, ich werde da gleich mal weiterforschen.«

»Und wie?«, fragte Lucia neugierig.

Suna zögerte einen Moment lang. »Weißt du, wie der Mann hieß, der in seiner Wohnung verbrannt ist?«

»Der hieß ...« Lucia überflog eilig ihre Notizen. »Der hieß Walter Kimmermann. Und derjenige, der darüber im Internet geschrieben hat, war sein Sohn, Björn Kimmermann.«

»Hast du seine Adresse?«

»Klar, hab' ich.« Lucia grinste stolz. »Ich schicke sie dir gleich aufs Handy.«

*

Während Suna die angegebene Adresse im Lübecker Stadtteil Buntekuh ansteuerte, wählte sie die Handynummer ihrer ehemaligen Schwägerin.

»Hi, Rebecca, ich bin's, Suna«, meldete sie sich kurz darauf. »Hast du einen Moment Zeit für mich?«

»Klar. Für dich doch immer, das weißt du doch. Gibt's was Neues von der Italienerin zu berichten, dieser Giuseppina Mancini?« Rebeccas Stimme klang durch die Freisprecheinrichtung leicht verzerrt, war aber gut zu verstehen.

»Noch nicht«, gab Suna ausweichend zurück. »Aber ich habe einen neuen Namen für dich: Anton Sparre. Sagt dir das was?«

»Oh mein Gott!«, stöhnte Rebecca. »Hör mir bloß mit Sparre auf! Der Kerl ist mein ganz persönlicher Vorhof zur Hölle, das kann ich dir sagen.«

Suna lachte leise. »So schlimm?«

»Im Zweifelsfall noch schlimmer«, gab Rebecca in genervtem Tonfall zurück. »Der Kerl hat garantiert mehr auf dem Kerbholz als seinerzeit Al Capone. Unser Archiv musste schon einen Extra-Raum anmieten, nur um seine Unterlagen da unterzubringen. Aber Scherz beiseite. Sparre scheint wirklich überall mitzumischen, wo sich leicht und schnell Geld verdienen lässt, wenn du weißt, was ich meine.«

»Ich nehme an, du meinst nicht den legalen Weg«, bemerkte Suna.

»Den scheint er eher selten zu beschreiten«, entgegnete Rebecca düster. »Das würde wahrscheinlich nicht genug einbringen. Leider ist Sparre nicht nur kriminell, sondern er geht dabei auch ziemlich gerissen vor. Bisher habe weder ich es geschafft, ihn hinter Gitter zu bringen, noch einer meiner Kollegen.«

»Das heißt, ihr habt nicht genug gegen ihn in der Hand«, folgerte Suna.

»Jede Menge Hinweise, null Beweise«, knurrte Rebecca.

Suna nickte nachdenklich. Das bestätigte genau die Informationen, die Lucia im Internet zusammengesammelt hatte.

»Ich habe gehört, dass Sparre gerade ein altes Mietshaus gekauft hat und es abreißen lassen will, um dort einen Block mit luxuriösen Eigentumswohnungen hinzusetzen. Jetzt haben sich in dem Haus aber ein paar Straßenkids einquartiert.«

»Doch nicht etwa die, mit denen die Mancini zu tun hatte?«, warf Rebecca ein.

Suna grinste. »Doch, genau die. Und Jussi Mancini hat sich dafür eingesetzt, dass das Gebäude nur saniert wird, anstatt es abzureißen. Und dass die Kids nach der Sanierung weiter einen Anspruch auf einen Teil der Räumlichkeiten haben sollten.«

»Was für Sparre als Investor natürlich eine Katastrophe gewesen wäre«, ergänzte Rebecca. »Wer kauft schon eine sündhaft teure Eigentumswohnung in einem Haus, in dem gleichzeitig Straßenkids untergebracht sind?«

»Nur absolute Philanthropen«, meinte Suna amüsiert. »Weißt du in dem Zusammenhang irgendwas? Gab es Ungereimtheiten oder Beschwerden?«

»Nee, da habe ich bisher überhaupt nichts mitgekriegt«, antwortete Rebecca bedauernd. »Aber ich werde es mal an meinen Kollegen weitergeben, der für den Fall Mancini zuständig ist. Wenn ich was Interessantes höre, gebe ich dir sofort Bescheid.«

Suna lächelte. »Danke, du hast was gut bei mir.«

»Ich weiß«, flötete Rebecca. »Ich bin so gut, ich komme garantiert in den Himmel.«

»Mit Sicherheit«, stimmte Suna zu.

Sie beendete das Gespräch, als sie ihr Ziel erreichte: einen riesigen, klobigen Wohnblock, dessen Fassade fast ausschließlich aus Betonbalkonen bestand.

Skeptisch musterte sie das Gebäude. Natürlich war sie nicht zum ersten Mal in dieser Gegend, aber sie fragte sich immer wieder, was die Menschen hierher trieb. Günstige Wohnungen gab es auch in anderen Stadtteilen. Wie also konnte man freiwillig in ein Haus ziehen, das brutal an eine monströse Legebatterie erinnerte?

Sie schüttelte unwillkürlich den Kopf. Dann doch lieber eine klopfende Heizung in einem charmanten Altstadthaus, dachte sie insgeheim.

Obwohl sie von Björn Kimmermann nicht nur die genaue Adresse, sondern sogar eine Wohnungsnummer hatte, war seine Klingel auf dem riesigen Klingelbrett nicht leicht zu finden. Erst nach längerer Suche gelang es

Suna, den Klingelknopf auszumachen, neben den in krakeligen Buchstaben der Name *Kimmermann* gemalt war.

Nachdem Suna geklingelt hatte, dauerte es eine ganze Weile, bis die Gegensprechanlage zu knistern begann.

»Ja?«, fragte eine Stimme, von der Suna nicht einmal sagen konnte, ob sie zu einem Mann oder einer Frau gehörte.

»Herr Kimmermann?«, fragte Suna.

Als sie keine Antwort erhielt, fuhr sie fort: »Mein Name ist Suna Lürssen. Ich bin Privatdetektivin und würde Sie gern wegen Ihres Vaters sprechen.«

Suna stellte sich darauf ein, noch etwas Überzeugungsarbeit leisten zu müssen, damit Kimmermann sie einließ, doch zu ihrer Überraschung ertönte statt einer Antwort der Summer der Haustür.

Schnell zog Suna die Tür auf und betrat das Treppenhaus. Es war zwar sauberer und heller als erwartet, rangierte auf der Gemütlichkeitsskala aber noch weit unter einem Gefängniskorridor. Der leicht vergilbte Bodenbelag quietschte unter ihren Schuhen, während Suna den Aufzug ansteuerte.

Die Fahrt in den fünften Stock war ziemlich ruckelig, sodass Suna froh war, als sie ihr Ziel erreicht hatte. Ein scheinbar endloser, schmaler Flur bot sich ihrem Blick dar, als sich die Aufzugstüren öffneten. Doch Suna brauchte nicht lange nach Kimmermanns Wohnung zu suchen. Direkt neben der ersten Tür entdeckte sie ein – ebenfalls handbeschriftetes – Namensschild, auf dem *B. Kimmermann* stand.

Da der Klingelknopf nicht zu funktionieren schien, klopfte Suna laut gegen die Tür.

Sie wunderte sich, als sie die schlurfenden Schritte im Inneren der Wohnung vernahm, die sich nach einem sehr alten Menschen anhörten. An der Gegensprechanlage hatte sie Björn Kimmermann noch wesentlich jünger eingeschätzt.

Tatsächlich konnte der Mann, der ihr kurz darauf die Tür öffnete, kaum älter als Mitte zwanzig sein. Seine grüne Stoffhose und sein fleckiges weißes T-Shirt schlabberten um seinen dünnen Körper. Die langen Haare hatte er zu einem dünnen Pferdeschwanz zusammengebunden. Seine durch viele Unreinheiten und Entzündungen entstellte Gesichtshaut wurde teilweise von einem zotteligen, ungepflegten Vollbart verdeckt.

Er sah Suna fragend an, sagte aber nichts.

»Hallo, ich bin Suna Lürssen«, stellte sich Suna noch einmal vor. »Sind Sie Björn Kimmermann?«

Der Mann nickte, schwieg jedoch immer noch.

Das Gespräch mit dem Kerl wird richtig mühsam, dachte Suna. Wenn der Mann schon kaum in der Lage war, seinen Namen oder ein schlichtes »Ja« herauszubringen, würde er wohl kaum von sich aus von seinem Vater erzählen. Trotzdem bemühte sie sich um einen freundlichen, offenen Gesichtsausdruck.

»Herr Kimmermann, wie ich eben an der Haustür schon gesagt habe, bin ich Privatdetektivin. Im Zuge von Ermittlungen bin ich auf den Tod Ihres Vaters gestoßen. Ist es richtig, dass er vor etwa einem halben Jahr bei einem Brand ums Leben gekommen ist?«

Wieder nickte Kimmermann, blieb aber nach wie vor stumm wie ein Fisch.

Suna unterdrückte den Seufzer, der in ihrer Kehle aufstieg. »Wäre es nicht vielleicht besser, wenn wir in Ihrer Wohnung miteinander sprechen könnten?«, fragte sie vorsichtig. »Ich bin mir nicht sicher, wie neugierig Ihre

Nachbarn sind, aber ich denke, Ihre Privatangelegenheiten sollten privat bleiben.«

Kimmermann zögerte kurz, öffnete dann jedoch die Tür etwas weiter und machte eine Handbewegung, die wahrscheinlich als so etwas wie eine Aufforderung zum Eintreten gedacht war.

Während Suna dem Mann in seine Wohnung folgte, sah sie sich unauffällig um. Der Flur des Wohnblocks war schon trist und trostlos gewesen, aber Kimmermanns Wohnung übertraf ihn um ein Vielfaches. Die zusammengewürfelten Möbel waren nicht nur billig und geschmacklos, sondern größtenteils kaputt. Der Fußboden war mit Dreck übersät, sogar festgetretene Kaugummis entdeckte Suna auf dem Linoleum. Und aus der einen Spaltbreit offenen Küchentür, an der sie vorbeigingen, drang ein ekelhafter Geruch nach Fäulnis und Schimmel.

Mit einer erneuten Handbewegung forderte Kimmermann Suna auf, sich an einen kleinen Esstisch zu setzen, dessen zerkratzte Platte voller klebriger Glasränder und undefinierbarer Flecken war. Suna nahm folgsam auf einem Stuhl Platz und hoffte inständig, dass das wackelige Möbelstück überhaupt ihr Gewicht aushalten würde.

Entgegen ihrer Erwartung setzte sich Kimmermann nicht zur ihr an den Tisch, sondern ließ sich in einen großen Sessel fallen, der das einzige einigermaßen hochwertige Möbelstück in der gesamten Wohnung zu sein schien.

»Herr Kimmermann«, begann Suna das Gespräch, »können Sie mir sagen, wie es zu dem Brand gekommen ist, bei dem Ihr Vater ums Leben gekommen ist?«

Sie hatte beschlossen, sich nicht lange mit Höflichkeiten oder belanglosen Floskeln abzumühen. Da sie sich bei ihrem Gegenüber anscheinend jedes Wort seinerseits hart erkämpfen musste, wollte sie ihre gesamte Energie darauf konzentrieren, etwas Brauchbares aus ihm herauszukitzeln.

»Na ja«, antwortete er zögernd und kratzte sich im Gesicht einen Pickel auf, der augenblicklich zu bluten begann. »Das Feuer muss jemand gelegt haben. Hat zumindest die Feuerwehr gesagt. Die haben Reste von Benzin oder so was gefunden.« Seine schleppende Sprechweise stand seinem schlurfenden Gang in nichts nach.

Suna musste sich zusammenreißen, sich ihren Ekel nicht anmerken zu lassen. Im Nachhinein war sie froh darüber, dass Kimmermann ihr nicht zur Begrüßung die Hand gegeben hatte.

»Es ist in einer leer stehenden Wohnung neben der Ihres Vaters ausgebrochen, richtig?«, fragte sie.

Kimmermann nickte. »Mein Vater war der Einzige, der noch in dem Haus gewohnt hat. Alle anderen waren schon weg. Keiner wollte mehr da bleiben, war ja auch total ungemütlich. Aber umziehen wollte er auch nicht. Hat gesagt, dass ihm ein Umzug zu anstrengend ist, noch dazu in seinem Alter. War da ja auch schon über fünfzig.«

Nicht wirklich alt, dachte Suna erstaunt. Aber eine Ausrede ließ sich ja immer finden, wenn man etwas wollte – oder eben etwas nicht wollte. Die Antriebslosigkeit lag bei den Kimmermanns anscheinend in der Familie.

»Haben Sie einen Verdacht, wer das Feuer gelegt haben könnte?«, erkundigte sie sich.

»Der Mann, der das Haus gekauft hat«, erwiderte Kimmermann, als sei das eine Selbstverständlichkeit.

»Sind Sie sicher?«

»Ja.« Kimmermann lehnte sich in seinem Sessel nach vorn. Plötzlich lag Hass in seinen Augen. »Immer wieder sind Männer gekommen und haben meinem Vater gedroht. Wenn er nicht auszieht, passiert ihm etwas

Schlimmes, haben sie gesagt. Aber mein Vater hat sich nicht einschüchtern lassen. Er war nämlich sehr mutig.«

Oder er hat einfach den Hintern nicht hochgekriegt, ging es Suna durch den Kopf. Doch sofort meldete sich ihr Gewissen. Da sie Kimmermanns Vater nicht gekannt hatte, konnte sie sich kaum ein Urteil über ihn erlauben. Noch dazu gehörte es sich nicht, über Tote schlecht zu denken oder zu reden.

»Sie sagen, es sind Männer gekommen und haben ihn bedroht«, setzte sie erneut an. »Was waren das für Männer? Haben sie gesagt, in wessen Auftrag sie gekommen sind?«

Kimmermann zuckte die Achseln und blickte sehnsüchtig zu einer Bierflasche hinüber. Sie stand zwar in Reichweite, doch offenbar befürchtete Kimmermann, Suna ebenfalls etwas anbieten zu müssen, wenn er einen Schluck trank. Also blieb er standhaft.

»Haben Sie die Männer gesehen? Können Sie sie mir beschreiben?«, hakte Suna nach.

»Es waren immer zwei. So Türsteher-Typen halt«, sagte Kimmermann, ohne sie anzusehen. »Groß, breit gebaut, brutal. Was weiß ich?«

»Weiter können Sie sie nicht beschreiben? Was ist mit der Haarfarbe, der Frisur? Hatte einer von ihnen einen Bart oder eine Brille?«

Kimmermann sah verständnislos zu ihr herüber. Dann zuckte er die Achseln und begann, sich wieder im Gesicht zu kratzen.

Suna versuchte die Gänsehaut, die sich bei diesem Anblick auf ihren Armen bildete, so gut wie möglich zu ignorieren.

»Waren die Männer nur einmal da oder öfter?«, fragte sie in ruhigem Ton.

»Fünf oder sechs Mal«, entgegnete Kimmermann. »Aber gesehen habe ich sie nur einmal.«

»Haben Sie deswegen die Polizei verständigt?«

»Die Bullen?« Kimmermann wirkte – in seinem Rahmen – entsetzt über diese Idee. »Die kümmern sich doch ’n Scheißdreck um Leute wie uns.«

Suna atmete einmal tief durch. Sie ahnte, dass ihr das Gespräch überhaupt nichts bringen würde, wollte aber noch nicht so schnell aufgeben.

»Und was war mit dem Brand?«, kam sie wieder auf das ursprüngliche Thema zu sprechen. »Warum hat Ihr Vater es nicht mehr nach draußen geschafft, wenn es doch nur in der Nachbarwohnung gebrannt hat?«

»Nicht nur«, widersprach Kimmermann. »Da hat es angefangen. Aber der Fußboden war mit so einem komischen Zeug belegt, das hat Feuer gefangen, auch im Flur. Und dann hat das Feuer auf die Wohnung von meinem Vater übergegriffen. Er hatte keine Chance.«

Kimmermann sackte in seinem Sessel zusammen. »Sehen Sie mich an. Das hat mein Leben total versaut. Ich kann nicht arbeiten deswegen.«

Suna stutzte. »Waren Sie bei dem Brand dabei?«, fragte sie erstaunt. »Sind Sie verletzt worden?«

»Nein.« Kimmermann wirkte vollkommen verständnislos. »Aber mein Vater ist verbrannt. So was macht einen doch total fertig. So was kann man gar nicht verarbeiten.«

Suna holte tief Luft.

»Gut, Herr Kimmermann, dann bedanke ich mich, dass Sie mit mir gesprochen haben«, sagte sie in möglichst ruhigem Ton und stand auf. »Ich muss jetzt leider weiter.«

Da der Mann keinerlei Anstalten machte, sich ebenfalls aus seinem Sessel zu erheben, bahnte sie sich allein einen

Weg durch den schmuddeligen Flur zurück zur Wohnungstür.

Nachdem sie die Tür hinter sich geschlossen hatte, wischte sie sich die Hände an ihrer Jeans ab und griff nach ihrem Handy, um Lucia anzurufen.

»Wie war das Gespräch mit diesem Kimmermann?«, erkundigte sich ihre Assistentin sofort.

Suna winkte ab. »Glaub mir, das willst du gar nicht wissen. Ich weiß nicht genau, ob du dir unter pickliges Selbstmitleid etwas vorstellen kannst.«

»Unter was?«, fragte Lucia verwundert.

Suna lachte hell auf. »Ach, vergiss es. Ich bin froh, dass ich es hinter mir habe, aber weitergebracht hat es mich leider überhaupt nicht.«

»Das ist ja blöd«, meinte Lucia. »Und was passiert jetzt?«

»Ich denke, ich werde noch mal diesem Holger Schumke auf den Zahn fühlen, was Sparre angeht. Du weißt schon, Jussis Freund«, gab Suna zurück. »Es ist zwar ziemlich unschön, dass ich ihn noch mal stören muss. Er schien mir wirklich total fertig zu sein. Aber ich denke, es muss sein. Ich kann mir nämlich kaum vorstellen, dass er nichts davon mitbekommen haben soll, falls seine Freundin da wirklich auf eine heiße Spur gestoßen ist.«

*

Ein Anflug von Gewissensbissen plagte Suna, als sie ihren Wagen in der Nähe des Wohnblocks parkte, in dem Jussi Mancini zusammen mit ihrem Freund gewohnt hatte. Nachdem er bei ihrem ersten Besuch, der ja nicht länger als ein paar Stunden zurücklag, von seiner Trauer vollkommen überwältigt gewesen war, hatte sie ihn eigentlich nicht weiter belästigen wollen. Doch die Recherchen von Lucia hatten sie dazu gebracht, es sich doch noch einmal anders zu überlegen.

»Da musst du jetzt eben durch«, murmelte sie, während sie den Wagen abschloss und auf das Haus zuging. »Auch wenn es mir wirklich leidtut.«

Obwohl die Dämmerung bereits eingesetzt hatte und von den spielenden Kindern weit und breit nichts mehr zu sehen war, stand die Haustür zum Wohnblock immer noch offen. Suna entdeckte das alte Stofftier, das nach wie vor in den Türrahmen geklemmt war.

Ohne weiter darüber nachzudenken, betrat sie den Hausflur, ging an dem Aufzug vorbei, an dem immer noch das Defekt-Schild prangte, und stieg die Treppenstufen ins dritte Stockwerk hoch, in dem die Wohnung von Holger Schumke lag.

Doch selbst nach dem dritten Klingeln blieb es in der Wohnung vollkommen ruhig. Jussis Freund schien nicht zu Hause zu sein.

»Verdammter Mist«, fluchte Suna leise. Sie warf einen Blick auf ihre Uhr. Es war kurz nach sieben.

Sie überlegte einen Moment lang. Schumke konnte überall sein. Möglicherweise kümmerte er sich um seine Kampfsportschule, von der er ihr erzählt hatte. Das konnte Stunden dauern. Oder er kam an diesem Abend sogar überhaupt nicht mehr nach Hause, sondern übernachtete bei einem Freund oder seiner Familie.

Sie wägte die Möglichkeiten ab und entschied sich schließlich, vor seiner Wohnung auf ihn zu warten. Ein paar Minuten war sie bereit zu opfern, vielleicht auch eine halbe Stunde. Möglicherweise war er ja nur kurz Zigaretten holen oder brachte einen Brief zum Briefkasten.

Sie setzte sich auf die Treppe. Während sie wartete, suchte sie über ihr Handy im Internet nach weiteren Informationen über Anton Sparre.

Lucia musste ganze Arbeit geleistet haben, wie sie kurz darauf feststellte. Das Internet war zwar voll von Berichten über ihn und seine Firma, doch sie fand auf die Schnelle nichts Erwähnenswertes, das ihre Assistentin ihr noch nicht weitergegeben hatte.

Nach einer Weile ertönten Stimmen im Bereich der Haustür.

Suna sprang auf und sah am Treppengeländer vorbei nach unten. Im Erdgeschoss bewegte sich etwas. Aber es war nicht Holger Schumke, der nach Hause kam, sondern zwei Frauen, deren Ziel eine Wohnung im Stockwerk unter Suna war. Enttäuscht setzte sie sich wieder und wartete weiter.

Sie überlegte gerade, ob es nicht doch sinnvoller wäre, zurück in die Detektei zu fahren und am nächsten Tag noch einmal wiederzukommen, als sie erneut eine Stimme im Treppenhaus vernahm. Und diesmal handelte es sich eindeutig um die von Jussis Freund.

Suna stand auf und überlegte. Wenn er nicht allein war, war es vielleicht besser, ihn nicht gleich vor seiner Wohnungstür zu überfallen. Sie sollte lieber ein paar Minuten warten und dann ganz normal bei ihm klingeln, als wäre sie gerade erst angekommen. Leise stieg sie die Stufen hoch, bis sie ein Stockwerk weiter oben den Treppenabsatz erreicht hatte. Hier konnte Holger Schumke sie nicht sehen. Allerdings konnte sie ihn immer noch hören.

»Nee, ich denke nicht, dass das eine so gute Idee ist«, meinte er gerade, um nach einer kurzen Pause hinzuzufügen: »Was meinst du?«

Er war gar nicht in Begleitung, sondern er telefonierte, ging es Suna durch den Kopf.

»Auf keinen Fall!«, hörte sie ihn sagen. Er senkte die Stimme. »Hör mal, wenn rauskommt, dass Jussi Schluss gemacht hat und ausziehen wollte, habe ich doch gleich die Bullen am Hals.«

Inzwischen sprach er so leise, dass Suna sich konzentrieren musste, um ihn verstehen zu können. Sie schloss die Augen und hörte angestrengt zu.

»Nee, in nächster Zeit muss ich ein bisschen kürzertreten«, fuhr er fort. »Jedenfalls so lange, bis sich alles wieder beruhigt hat. Heute Abend noch mal, aber dann ist erst mal Schluss. Ich ...«

Der Rest des Satzes ging im Klimpern des Schlüsselbunds unter, als Schumke die Wohnungstür aufschloss. Er betrat die Wohnung und zog die Tür hinter sich zu.

»Verdammt!«, murmelte Suna enttäuscht. Sie hätte gern noch mehr gehört, doch durch die geschlossene Wohnungstür drang kein Wort mehr nach draußen.

Aber immerhin hatte sie erfahren, dass er ihr bei ihrem Besuch ein paar Stunden zuvor nur etwas vorgemacht hatte. Sie ärgerte sich, dass sie auf sein Schauspiel vom trauernden Lover reingefallen war. Die Eiseskälte, die er eben bei dem Telefonat ausgestrahlt hatte, hätte sie ihm am Vormittag jedenfalls nicht zugetraut.

Suna wartete noch ein oder zwei Minuten ab, dann stieg sie leise die Treppe hinunter und verließ das Haus. Sie war gespannt, was Holger Schumke noch alles zu verbergen hatte.

*

Allein der Geruch verursachte bei ihr schon ein leichtes Unwohlsein.

Angewidert fragte sich Henrike, warum die Hersteller es eigentlich nicht schafften, angenehm riechende Desinfektionsmittel herzustellen, während sie den langen Krankenhausflur auf die Intensivstation zulief.

Unwillkürlich kam ihr dabei der Gedanke, wie lange sie diesen Geruch wohl noch ertragen musste. Wochen? Monate? Vielleicht gar Jahre?

Hoffentlich nicht.

Sie presste die Lippen aufeinander. »Nur noch ein bisschen durchhalten«, sprach sie sich selbst Mut zu. »Dann wird alles wieder gut.« Doch inzwischen fiel es ihr selbst schwer, daran zu glauben. Die letzten Tage hatten sie einfach zu viel Kraft gekostet.

Anscheinend war genau das ihr auch anzusehen, dachte Henrike, als sie den besorgten Blick sah, mit dem der Krankenpfleger sie musterte, der sie auf die Intensivstation und zum Zimmer ihres Bruders führte. Erst als sie Leon erblickte, ging es ihr wieder ein bisschen besser.

Die Ärzte hatten ihm den dicken Kopfverband abgenommen, den er seit seinem Sturz getragen hatte. Die Platzwunde, die mit mehreren Stichen genäht worden war, wurde jetzt nur noch von einem großen Pflaster verdeckt.

Ein warmes Gefühl durchströmte Henrike. Ohne den Verband sah Leon gleich viel besser aus, nicht mehr ganz so verletzlich.

Nicht mehr ganz so kaputt, ging es ihr durch den Kopf.

An Leons Zustand hatte sich allerdings nichts geändert. Mit offenen Augen lag er reglos in seinem Krankenbett und starrte ins Leere. Nur seine Brust, die sich ständig hob und senkte, sowie das Piepsen der Maschine, die seine Vitalfunktionen kontrollierte, zeigten an, dass er noch lebte.

»Ich habe dir eins von deinen Büchern mitgebracht«, sagte Henrike mit aufgesetzter Fröhlichkeit. »Jim Knopf. Das hast du doch früher immer so gern gemocht. Ich weiß noch, dass ich es dir ständig vorlesen sollte.«

Sie schluckte schwer. Ob Leon merkte, dass ihre Zuversicht nur gespielt war? Ob er merkte, wie dreckig es ihr in Wirklichkeit ging?

Ob er überhaupt etwas merkte?

Sie nahm den Stuhl, der an der Wand stand, und stellte ihn so hin, dass Leons leerer Blick direkt auf sie gerichtet war, als sie sich setzte. Dann schlug sie das Buch auf und begann zu lesen.

Lange hielt sie allerdings nicht durch. Sie hatte noch nicht einmal die zweite Seite zu Ende gelesen, als sie aufblickte.

»Ich habe eine Privatdetektivin engagiert«, brach es aus ihr heraus. »Ihr Name ist Suna Lürssen. Ich glaube, du würdest sie mögen.« Sie senkte die Stimme. »Ich hoffe, dass sie herausfinden kann, was du mir sagen wolltest. Ich kann mit dem Begriff *tempus fugit* nämlich überhaupt nichts anfangen.«

Sie holte tief Luft. »Zuerst dachte ich, das wäre nur wieder einer von deinen Sprüchen, aber dann ist das mit Jussi Mancini passiert.«

Henrike fuhr sich mit beiden Händen durch die Haare. »Irgendjemand hat sie einfach mit dem Auto umgefahren, kannst du dir das vorstellen? Hier, direkt vor dem Krankenhaus! Sie hat noch gelebt, als ich sie gefunden habe.

Und sie hat genau das Gleiche gesagt wie du nach deinem Sturz: *tempus fugit.*«

Ihre Stimme war inzwischen kaum mehr als ein Flüstern. Tränen liefen ihr über das Gesicht, aber es störte sie nicht. Es war ihr auch egal, dass jeden Augenblick jemand ins Zimmer kommen und sie so aufgelöst sehen konnte.

»Tempus fugit«, wiederholte sie. »Ich weiß einfach nicht, was das bedeuten soll. Bitte Leon, du musst aufwachen! Du musst mir sagen, was für ein Geheimnis du aufgedeckt hast! Irgendjemand hat Jussi umgebracht. Und inzwischen bin ich davon überzeugt, dass dein Sturz auch kein Unfall war. Aber du musst mir helfen, das Ganze zu verstehen, hörst du?«

Plötzlich stutzte Henrike.

Irgendetwas hatte sich verändert, aber sie konnte im ersten Moment nicht sagen, was es war.

Das Piepsen!, schoss es ihr kurz darauf durch den Kopf. War es vorher nicht anders gewesen? Langsamer?

Sie warf einen Blick auf das Display, auf dem die Werte angezeigt wurden. Tatsächlich hatte sich Leons Pulsschlag deutlich beschleunigt.

»Oh mein Gott!«, stieß Henrike gepresst hervor. Wie gebannt starrte sie ihren Bruder an, versuchte, in seinen Augen irgendeine Regung zu erkennen.

Irgendein Gefühl.

Leons Blick blieb leer, doch trotzdem war sie überzeugt, dass sie sich nicht irrte.

»Du verstehst mich, oder?«, stieß sie mit heiserer Stimme hervor. »Du hast alles mitbekommen, was ich gesagt habe!«

*

Spider zitterte.

Ihm war so kalt. Instinktiv schlang er sich die Arme um den Oberkörper, aber es nutzte nichts. Sicher, es war kein warmer Tag gewesen, ein typischer Oktobertag eben, aber die Kälte kam nicht von außen. Zumindest nicht nur. Sie war vielmehr innerlich.

Spider presste die Zähne zusammen, damit sie nicht aufeinander klapperten. Dabei zwang er sich, vorwärts zu gehen.

Immer einen Schritt nach dem anderen, sagte er sich, so wie ihm das früher seine Mutter häufig gesagt hatte, wenn er als kleines Kind keine Lust mehr gehabt hatte zu laufen. Und dann hatte sie mitgezählt: *eins – zwei – drei ...*

Bei dem Gedanken an sie begann er traurig zu lächeln. Was würde er jetzt dafür geben, nicht allein zu sein! Früher hätte er sich niemals vorstellen können, sie mal dermaßen zu vermissen.

Plötzlich wurde ihm schwindlig. Er taumelte, fing sich aber mit einem großen seitlichen Schritt ab, bevor er ins Straucheln geriet und stürzte.

Eine junge Mutter, die ihm mit ihrem kleinen Kind an der Hand entgegenkam, starrte ihn empört an. In einer schnellen Bewegung zog sie ihr Kind zu sich heran und presste es schützend an sich, während sie Spider keine Sekunde aus den Augen ließ. Sie machte einen großen Bogen um ihn, soweit es der Gehweg zuließ.

»Fick dich selbst, du Schlampe«, murmelte er ihr zu, obwohl er sie am liebsten angeschrien hätte. Doch dazu fehlte ihm einfach die Kraft.

Als ihm wieder schummrig wurde, blieb er kurz stehen und stützte sich mit einer Hand an einer Hauswand ab. Er brauchte dringend ein Quartier für die Nacht. Eins, das einigermaßen warm und trocken war. Noch eine Nacht im Freien in der Kälte würde er kaum überstehen. Dafür hatte ihn das Fieber jetzt schon viel zu sehr im Griff.

Aber wohin sollte er gehen? Zurück in das Abrisshaus konnte er auf keinen Fall. Dort würden sie ihn viel zu schnell aufspüren. Und was sie dann mit ihm machen würden? Er brauchte nicht viel Fantasie, um sich das vorzustellen.

Das Lagerhaus kam auch nicht infrage. Davon wussten einige, die ihn kannten. Einige, die ihn eventuell verraten würden.

Nein, er musste irgendeinen sicheren Ort finden, an dem ihn keiner suchen würde.

Nur halb bei Sinnen lief er weiter, bis er an einem kleinen Laden vorbeikam, der offensichtlich schon eine ganze Weile leer stand. Die Schaufenster waren von innen mit weißer Farbe bemalt. Auf die Außenseite waren zahlreiche Plakate von Konzerten und anderen Veranstaltungen geklebt worden, von denen viele bereits lange vorbei waren. Das verwitterte Papier war eingerissen und rollte sich an den Ecken. Als Spider die kaputte Glastür sah, die nur von außen mit ein paar Brettern vernagelt war, blieb er abrupt stehen.

Vielleicht ist das eine Möglichkeit, schoss es ihm durch den Kopf.

Vorsichtig sah er sich um. Außer ihm war nur ein einziger Passant in der Nähe, der aber in die andere Richtung unterwegs war. Niemand schien ihn zu beobachten.

So eine günstige Gelegenheit würde er heute vielleicht nicht noch einmal bekommen.

Schnell trat er an den Eingang des Ladens heran, griff unter die Kante eines der Bretter und zog mit aller Kraft daran. Es löste sich unerwartet leicht. Auch das Brett darunter war nicht richtig befestigt, wie Spider zu seinem Erstaunen feststellte. Es fühlte sich fast so an, als sei es schon viele Male gelockert und danach einfach nur notdürftig festgedrückt worden.

Als er sich um das nächste Brett kümmern wollte, rutschte seine Hand ab.

Er keuchte auf, als sich ein rostiger Nagel tief in seine Handfläche grub. Mit einem Stöhnen zog er ihn hinaus. Blut quoll aus der Wunde, aber Spider ignorierte es einfach. Immerhin war die Öffnung in der Tür jetzt groß genug, damit er sich hindurchquetschen konnte.

Im Inneren des Ladens war es fast dunkel. Nur ein matter Lichtschimmer der Straßenlampen drang durch die weiß gestrichenen Fenster nach innen. Schemenhaft erkannte Spider, dass der Fußboden von Müll übersät war. Er erkannte den Umriss von Flaschen und zerknüllten Zigarettenpackungen. Den anderen Unrat konnte er nicht identifizieren. Entweder hatte der Vorbesitzer den Laden in einem echt üblen Zustand hinterlassen, oder er war nicht der einzige Besucher, der sich hier ein trockenes Plätzchen zum Übernachten gesucht hatte.

Aber wie dem auch sei – ihm war es egal. Er wollte nichts weiter, als sich in eine trockene Ecke zu flüchten und ein bisschen zu schlafen. Er suchte sich eine Stelle in einer Nische, die nicht ganz so zugemüllt war, und schob den Unrat mit einem Fuß beiseite. Dann ließ er seine Sporttasche fallen, hockte sich neben sie und begann, den Schlafsack herauszuziehen. Dabei musste er sich mit einer Hand auf dem Boden abstützen, um nicht umzukippen.

»Verschwinde!«

Es schien eher ein schlangenähnliches Zischen als eine menschliche Stimme zu sein, die plötzlich hinter ihm ertönte.

Ruckartig fuhr er herum, verlor allerdings dabei das Gleichgewicht und landete unsanft auf seinem Hintern. Mit vor Schreck weit aufgerissenen Augen starrte er auf die beiden Gestalten, die sich vor ihm aufgebaut hatten.

Es waren zwei Männer, beide in lange, vor Schmutz starrende Mäntel gehüllt und mit Mützen auf dem Kopf. Einer bleckte die schiefen, gelben Zähne. Ein Goldzahn funkelte leicht in dem schummrigen Licht. Der andere Mann, der ein ganzes Stück kleiner war, stierte Spider feindselig an.

Angewidert rümpfte Spider die Nase. Ein ekelerregender Geruch nach Schweiß, Urin und etwas Undefinierbarem drang aus den Kleidern der beiden Männer.

»Das ist unser Platz«, sagte der Größere mit schnarrender Stimme. »Verschwinde hier und such dir was anderes!«

Für einen kurzen Moment schloss Spider die Augen. Nur für ein paar Sekundenbruchteile hatte er geglaubt, seine beiden Verfolger hätten ihn gefunden. Jetzt strömte ihm die Erleichterung in die Glieder und ließ ihn noch mehr zittern. Trotzdem versuchte er, sich langsam aufzurichten.

»Kommt schon, Leute«, sagte er in verbindlichem Ton. »Ich nehm' euch euren Platz nicht weg. Ich brauche nur einen Schlafplatz. Nur für eine Nacht! Morgen früh haue ich gleich ab.«

»Welchen Teil von *Verschwinde* hast du nicht verstanden, hä?«, ranzte ihn der Lange mit den schiefen Zähnen an. »Du haust jetzt sofort ab, sonst machen wir dir Beine, klar? Das ist unser Platz, und der wird nicht geteilt!«

»Bitte, nur für die eine Nacht!«

Spiders Stimme klang genauso elend, wie er sich fühlte, als er einen Schritt auf die beiden zutrat und flehend die Hände nach ihnen ausstreckte.

Ein großer Fehler, wie sich gleich herausstellte.

Aus dem Augenwinkel sah Spider, dass der Kleinere etwas Glänzendes in der Hand hielt.

Ein Messer, dachte er entsetzt. Es war zwar nur ein Küchenmesser mit einer kurzen Klinge, aber in seiner Situation war das bedrohlich genug.

»Nein!«, stieß er gepresst hervor. Er machte einen langen Schritt auf den Kerl zu und streckte gleichzeitig die Hand aus, um nach dem Messer zu greifen.

Doch der andere reagierte blitzschnell. In einer geübten, fließenden Bewegung stieß er das Messer in Spiders Richtung.

Der Schmerz traf ihn wie ein Blitzschlag und fuhr ihm durch den ganzen Körper. Entsetzt starrte Spider auf den Schnitt in seinem Jackenärmel, dessen Ränder sich dunkel verfärbten. Im selben Augenblick begann sich alles zu drehen.

Spider wurde übel. Sein Magen zog sich zusammen und er begann zu schwanken. Dann kotzte er den beiden Männern direkt vor die Füße.

»Du verdammte Sau!«, brüllte der mit dem Goldzahn, während er sich mit einem gewagten Sprung nach hinten aus der Schusslinie brachte. »Ich mach dich kalt!«

Spider kümmerte sich nicht um die Drohung. Er schaffte es nicht mehr, sich auf den Beinen zu halten. Er kippte vornüber. Im letzten Augenblick versuchte er noch, die Arme hochzureißen und den Sturz abzufangen, aber es gelang ihm nur halb. Unsanft schlug sein Kopf auf dem harten Fliesenboden auf. Mit dem Gesicht in seinem eigenen Erbrochenen blieb er liegen.

»Komm, wir verschwinden«, sagte der Goldzahn zu seinem Begleiter. »Hier bleibe ich heute Nacht auf keinen Fall.«

Doch das hörte Spider schon nicht mehr.

*

Suna unterdrückte ein Gähnen.

Seit beinahe einer Stunde saß sie jetzt in ihrem Wagen und beobachtete den Eingang des Hauses, in dem Holger Schumke wohnte. In dieser Zeit waren ein paar Leute hineingegangen und andere herausgekommen, aber Schumke war nicht unter ihnen gewesen.

»Ich hoffe nur, dein angekündigtes Vorhaben spielt sich nicht in deiner Wohnung ab«, murmelte Suna. In diesem Fall wäre ihr Warten umsonst gewesen.

Sie lehnte sich nach hinten und griff in den Karton hinter dem Beifahrersitz. Zum Glück hatte sie immer ein paar Getränke und etwas zum Knabbern im Auto. Ein Zischen ertönte, als sie eine Colaflasche öffnete. Sie trank gerade den ersten Schluck, als das Licht vor dem Haus anging.

Ein Mann trat ins Freie. Er trug zwar einen dicken schwarzen Pullover, dessen Kapuze er sich tief ins Gesicht gezogen hatte, aber Suna hatte keinerlei Zweifel, dass es sich bei dem Mann um Holger Schumke handelte. Dabei hatte er wesentlich mehr Ähnlichkeit mit dem eiskalten Typ am Telefon als mit dem vor Trauer Gebrochenen, den er ihr am Vormittag vorgespielt hatte.

Eilig lief er ein Stück den Gehweg entlang, bevor er in einen am Straßenrand geparkten Sportwagen stieg, den Motor startete und losfuhr.

Sofort schraubte Suna die Colaflasche zu, ließ sie auf den Beifahrersitz gleiten und fuhr Schumke nach. Zu ihrem Glück fuhr er ziemlich gesittet, sodass sie ihm trotz seines Sportwagens recht gut folgen konnte.

In der Dunkelheit war es für sie wesentlich leichter, nicht von ihm entdeckt zu werden, als bei Tageslicht. Viel mehr als die Scheinwerfer ihres Wagens würde er kaum erkennen können. Trotzdem achtete sie darauf, immer ausreichenden Abstand zu ihm zu halten, während sie ihn in Richtung Innenstadt verfolgte. Allerdings war die Verfolgung bei Dunkelheit auch für sie schwierig, und sie musste sich stark konzentrieren, um sich nicht von ihm abhängen zu lassen.

Daher war sie froh, als Schumke schon nach wenigen Minuten seinen Wagen an der Bordsteinkante zum Halten brachte, den Motor ausstellte und aus dem Wagen stieg. In angemessenem Abstand fuhr sie ebenfalls an den Straßenrand und parkte ihren VW. Sie wartete kurz ab, bevor sie ausstieg und zu Fuß die Verfolgung aufnahm.

Sie waren gar nicht weit von dem abrissreifen Haus entfernt, in dem die Straßenkids Unterschlupf gefunden hatten, stellte Suna fest, während sie Schumke in gebührendem Abstand nachging. Und was sie noch neugieriger machte: Schumke lief direkt auf das Haus zu.

Dabei hat er doch behauptet, nichts mit Jussis Arbeit zu tun zu haben, ging es Suna durch den Kopf.

Und das war nicht die einzige Ungereimtheit. Als Suna mit ihm gesprochen hatte, hatte er ihr erzählt, dass Jussi angeblich einen der Jugendlichen im Krankenhaus besuchen wollte. Wie Suna inzwischen von Henrike am Telefon erfahren hatte, war sie aber zum Krankenhaus gekommen, um entweder Leon Brandt zu besuchen – oder um Henrike zu treffen. Das jedenfalls hatte das Gespräch mit einer Nachbarin von Leon Brandt ergeben.

Es gab also zwei Möglichkeiten, überlegte Suna. Entweder hatte Jussi ihrem Freund nicht die Wahrheit darüber erzählt, warum sie zur Klinik fahren wollte, oder Schumke hatte Bescheid gewusst und Suna belogen. Beide Alternativen sprachen nicht gerade für ihn, ebenso wie das Verhalten von Jussis Eltern. Dass sie ihn nicht einmal bei der Beerdigung ihrer Tochter dabeihaben wollten, ließ auf eine starke Abneigung gegen ihn schließen.

Suna stoppte abrupt, als sie sah, dass Schumke vor ihr stehen geblieben war. Blitzschnell verschwand sie in der Nische zu einem Hauseingang und spähte vorsichtig mit einem Auge hervor.

Schumke stand nicht mehr als zwanzig oder dreißig Meter von ihr entfernt an einer Straßenecke und sah sich misstrauisch in alle Richtungen um. Sofort zog sich Suna ein Stück weiter zurück.

Schumke schien allerdings nichts Auffälliges zu bemerken, denn kurz darauf verschwand er zwischen zwei Häuserblöcken, die nicht viel besser aussahen als das Abrisshaus der Straßenkids.

Suna folgte ihm, immer darauf bedacht, sich im Schatten der Wände zu halten und bloß kein Geräusch zu machen.

Noch bevor sie den Hinterhof erreichte, hörte sie Stimmen, die leise miteinander tuschelten.

Schumkes Stimme war dabei, dessen war sie sich ganz sicher, aber so wie es sich anhörte, waren es noch mindestens zwei andere.

Vorsichtig pirschte sich Suna etwas näher heran. Im Schutz der Hausecke blieb sie stehen und streckte langsam den Kopf vor, bis sie die kleine Gruppe sah. Es waren drei Personen, wie sie feststellte. Sie wurden zwar teilweise durch dichte Sträucher verdeckt, waren im schummrigen Licht einer Lampe an der Hauswand aber trotzdem einigermaßen zu erkennen.

Mit angehaltenem Atem beobachtete Suna, wie Schumke den beiden anderen etwas zusteckte und im Gegenzug etwas von ihnen entgegennahm. Und sie hatte keinerlei Zweifel, worum es sich dabei handelte.

So ein Mistkerl!, dachte sie verächtlich.

Der Kerl dealte tatsächlich mit Drogen.

Doch das war es nicht, was Suna am meisten entsetzte. Viel schlimmer als die Tatsache, dass Schumke dealte, war, dass sie seine Kunden eindeutig erkannt hatte.

Der eine war ein junger schlaksiger Kerl mit dunkelblonden Rastalocken, die andere ein junges Mädchen mit grünen Haaren und einer löchrigen Jeans.

»Das ist ja der Knaller«, murmelte Suna unhörbar, immer noch vollkommen fassungslos über die Dreistigkeit. Schumke verkaufte seine verdammten Drogen an genau die Jugendlichen, um die sich seine Freundin vor ihrem Tod gekümmert hatte.

*

Erschöpft stapfte Suna die Stufen zu ihren Büroräumen hoch. Es war ein langer Tag gewesen, der sie einiges an Kraft gekostet hatte. Sie freute sich auf ihr Bett, wollte aber noch schnell den Anrufbeantworter in der Detektei abhören, bevor sie in ihre Wohnung ging. Es war eine alte

Gewohnheit aus der Zeit, als sie noch als Einzelkämpferin unterwegs gewesen war. Aber auch jetzt bestand die Möglichkeit, dass jemand eine wichtige Nachricht für sie hinterlassen hatte, nachdem Lucia nach Hause gegangen war.

Um so überraschter war Suna, als sie die Tür zur Detektei aufschloss und entdeckte, dass noch Licht brannte. Sie sah Lucia, die am Tisch saß und leise lachte. Ihr gegenüber, mit dem Rücken zur Tür, hatte ein junges Mädchen Platz genommen, deren lange schwarze Haare zu dünnen Zöpfen geflochten waren. Als Sunas Blick auf die Tischplatte fiel, musste sie unwillkürlich kichern.

»Hallo Adana«, sagte sie fröhlich, als sie den Raum betrat. »Mal wieder Lust auf Fischbrötchen gehabt?«

»Äh, ich dachte, das ist okay, wenn ich uns was zu essen hole«, antwortete Lucia an Adanas Stelle. Sie hatte einen hochroten Kopf bekommen. »Ich bezahle es auch von meinem Gehalt.«

Suna winkte ab. »Das brauchst du nicht. Ist schon in Ordnung so.«

Sie holte sich aus dem kleinen Kühlschrank in der Küche einen Orangensaft und setzte sich zu den beiden anderen an den Tisch.

»Was führt dich denn zu uns?«, fragte sie Adana lächelnd.

Diese biss sich verlegen auf die Unterlippe. »Ich – ich dachte, es ist okay, wenn ich mal vorbeikomme«, sagte sie. Dabei wirkte sie ungewöhnlich zurückhaltend, beinahe schon schüchtern.

»Können wir irgendwas für dich tun?«, erkundigte sich Suna. »Außer einem Fischbrötchen, meine ich.«

Adana blickte zögernd zwischen Suna und Lucia hin und her.

»Ja, schon«, gab sie schließlich zu. »Sie haben mir doch vorhin Ihre Karte gegeben. Und Sie waren so nett zu mir. Da hab' ich mir gedacht ...« Sie stockte. »Na ja, ich hab' mir gedacht, vielleicht kann ich Sie ja auch engagieren.«

Suna zog erstaunt die Augenbrauen hoch. »Du hast einen Auftrag für uns?«

»Ja.« Adana nickte. »Aber ich habe nicht viel Geld. Ein bisschen könnte ich Ihnen jetzt bezahlen. Ich dachte mir, wenn Sie einverstanden sind, kann ich den Rest dann vielleicht in Raten zahlen. Ich könnte jede Woche was vorbeibringen. Das mache ich wirklich, ich verspreche es ganz hoch und heilig!«

»Über die Bezahlung können wir später noch reden«, entschied Suna. »Erzähl mir doch erst mal, worum es überhaupt geht.«

»Gut.« Adana atmete erleichtert auf. »Es geht um Spider, einen Freund von mir.«

Suna beobachtete, dass Lucia nickte. Offenbar hatte sie die ganze Geschichte schon von Adana gehört. Sie sagte allerdings nichts, daher wandte Suna ihre ganze Aufmerksamkeit wieder Adana zu.

»Und was ist mit Spider?«

»Er ist verschwunden«, sagte Adana knapp. »Seit gestern. Ich habe ihn zum letzten Mal gesehen, als Birger uns erzählt hat, dass Jussi nicht mehr lebt.«

Suna seufzte leise. Es war spät, sie war müde und wollte nur noch in ihr Bett. Eigentlich hatte sie gar keinen Nerv mehr, Adana jeden Satz einzeln aus der Nase zu ziehen. Trotzdem zwang sie sich zu einem Lächeln.

»Kennst du Spiders richtigen Namen?«

»Nein«, gab Adana kleinlaut zu. »Für mich war er immer einfach nur Spider. Seinen richtigen Namen hat er nie gesagt. Ich denke, den wusste keiner von uns.«

Suna zog die Augenbrauen hoch. »Du kennst nicht mal seinen Vornamen?«

Adana schüttelte den Kopf, sagte aber nichts.

Suna versuchte es auf einem anderen Weg. »Hast du ein Foto von ihm, das du uns geben kannst?«

»Nein, aber ich kann ihn beschreiben«, gab Adana verlegen zurück. »Er ist fünfzehn, fast sechzehn und ungefähr einen Meter achtzig groß. Er hat braune Haare, grüne Augen und Sommersprossen. Und in seinem Gesicht ist eine ganz auffällige Narbe, etwa hier.«

Sie zog mit ihrem Finger einen langen Strich über ihre rechte Wange.

»Also gut.« Suna atmete einmal tief durch. Das war komplizierter, als sie gedacht hatte. Immerhin, mit der Narbe konnten sie vielleicht etwas anfangen, zumindest mehr als mit der restlichen Beschreibung.

»Hat er auch mit euch zusammen in dem Abrisshaus gelebt?«, wollte sie wissen.

Adana nickte. »Ich selbst bin erst vor zwei Monaten da untergekommen, aber er war schon zwei oder drei Wochen länger dabei. Er hat mir mal erzählt, dass er durch Theo zu uns gekommen ist. Sie haben ihn vielleicht gesehen, als Sie beim Haus waren. Theo ist so 'n langer dünner Kerl mit Rasta-Frisur.«

»Habe ich«, bestätigte Suna.

Sie erwähnte allerdings nicht, dass sie Theo nicht nur tagsüber mit den anderen am Abrisshaus gesehen hatte, sondern noch einmal etwas später, als er zusammen mit dem Mädchen mit den grünen Haaren bei Holger Schumke Drogen gekauft hatte.

Sollte Schumke nichts mit dem Tod von Jussi Mancini und dem Sturz von Leon Brandt zu tun haben, würde sie Rebecca später einen dezenten Tipp geben, damit die

Polizei Schumke im Auge behielt und ihm bei Gelegenheit das Handwerk legte. Doch das war nichts, mit dem sie Adana belasten musste. Das Mädchen hatte schon mit genug eigenen Problemen zu kämpfen.

»Weißt du auch, woher Theo und Spider sich kannten?«, erkundigte sich Suna weiter.

Adana zuckte die Achseln. »Keine Ahnung. Wie gesagt war das ja vor meiner Zeit. Ich weiß nur, dass Spider vorher keinen festen Schlafplatz hatte, das hat er mir mal erzählt. Er ist einfach so rumgezogen.«

»Dann nehme ich an, du weißt auch sonst nicht viel über ihn«, folgerte Suna. »Wo er aufgewachsen ist, warum er auf der Straße lebt und seit wann er schon von zu Hause weg ist?«

»Leider nicht.« Adana lächelte traurig. »Wissen Sie, bei uns hat jeder eine auf irgendeine Art verkorkste Geschichte. Wenn einer davon erzählen will, dann hört man eben zu, aber normalerweise hält man sich mit Fragen eher zurück. Damit macht man sich nämlich nur unbeliebt. Die meisten sind da ziemlich empfindlich, müssen Sie wissen. Manche halten einen sogar für einen Spion, wenn man zu viel fragt, und Spider war immer besonders verschlossen.« Sie biss sich auf die Unterlippe und sah Suna bedrückt an. »Trotzdem mag ich ihn echt gern. Er war fast so etwas – wie eine Familie für mich.«

Während sie gesprochen hatte, war ihre Stimme immer leiser geworden, und Suna war die kleine, verräterische Bewegung bei ihrem letzten Satz, als Adana ihre Hand schützend auf ihren Bauch gelegt hatte, nicht entgangen.

»Bist du schwanger von ihm?«, fragte sie ganz direkt.

Adana riss vor Schreck die Augen auf und starrte sie ängstlich an. Anscheinend hatte sie ihr Geheimnis noch etwas länger wahren wollen. Doch dann presste sie die Lippen aufeinander und nickte vorsichtig.

Auch das noch!

Suna atmete hörbar aus und rieb mit der Hand über ihr Gesicht. Das Mädchen schien die Katastrophen ja förmlich anzuziehen.

Währenddessen legte Lucia, die fast noch erschrockener wirkte als Adana, schützend den Arm um die Schultern des Mädchens.

»Keine Angst«, wisperte sie. »Es gibt immer einen Weg, auch wenn es einem manchmal so vorkommt, als ob alles um einen herum zusammenbricht. Ich habe selbst schon so viel Mist erlebt, das würdest du wahrscheinlich gar nicht glauben. Aber irgendwie bin ich da auch immer wieder rausgekommen und jetzt geht es mir richtig gut. Und das schaffst du auch.«

Adana sah sie dankbar an, schien aber nicht wirklich überzeugt von ihren Worten zu sein.

Suna dachte etwas pragmatischer.

»Wo kommst du heute Nacht unter?«, fragte sie in sachlichem Ton.

»Im Abrisshaus. Wo denn sonst?« Adana wirkte verwirrt. »Das ist doch sozusagen mein Zuhause. Zumindest im Moment.«

»Nein.« Suna schüttelte den Kopf. »Das geht auf keinen Fall. In deinem Zustand werde ich das nicht zulassen. Du kommst mit zu mir. Ich kann dir zwar nur ein kleines Schlafsofa anbieten, aber das ist allemal besser als das Abrisshaus. Außerdem ...«

Sie stand auf, öffnete eine Tür des schmalen Büroschranks und holte ein Handy heraus. Es war ein längst veraltetes Modell, funktionierte aber noch einwandfrei.

»Außerdem nimmst du das hier, zumindest für die nächsten Tage. Das ist ein Prepaid-Handy. Große Sprünge kannst du damit nicht machen, aber so kannst du mich jederzeit erreichen. Meine Büro- und meine Handynummer sind eingespeichert.«

Adana nahm das Telefon entgegen und umklammerte es fest mit beiden Händen.

»Heißt das, Sie nehmen meinen Auftrag an?«, fragte sie. Die Unsicherheit, die in ihrer Stimme mitschwang, war nicht zu überhören, und ihr flehender Blick sagte mehr über ihren Gemütszustand aus als ihre Worte.

Suna musterte sie ernst. Sie war selbst schon in einigen Situationen gewesen, in denen sie geglaubt hatte, keinen Ausweg mehr zu wissen. Doch mit Adana wollte sie um nichts in der Welt tauschen.

»Wir sehen mal, was wir ausrichten können«, meinte sie ausweichend.

Für sie war es schwer einzuschätzen, was die Suche nach Spider bedeuten würde. Vielleicht lief er ihr einfach am nächsten Tag über den Weg. Genauso gut konnte es allerdings sein, dass er die Stadt längst verlassen hatte und abgetaucht war. Dann würde sie ihn wahrscheinlich niemals finden.

»Wegen der Bezahlung«, begann Adana, doch Suna unterbrach sie mit einem Kopfschütteln.

»Mach dir darüber mal keine Gedanken«, sagte sie in bestimmtem Ton. »Das regeln wir später.«

Adana nickte. Mit viel Mühe schaffte sie es, ein kleines Lächeln zustande zu bringen.

»Sie können sich gar nicht vorstellen, wie erleichtert ich bin«, sagte sie leise. »Ich habe so was noch nie gesehen.«

Lucia runzelte die Stirn. »Was meinst du damit? Was hast du noch nie gesehen?«

»Diese Angst«, stieß Adana hervor. »Als wir von Jussis Tod erfahren haben, waren wir natürlich alle total geschockt. Traurig, aber auch wütend. Nur bei Spider war das anders. Ich habe noch nie vorher einen Menschen gesehen, der so viel Angst hatte wie Spider in diesem Moment.«

Donnerstag, 13. Oktober

Henrike lehnte sich auf ihrem Schreibtischstuhl zurück, streckte den Kopf nach hinten und ließ anschließend die Schultern kreisen. Ihre Nackenmuskulatur war total verspannt vom langen Sitzen.

Es war erst kurz vor neun am Morgen, trotzdem brütete sie schon seit beinahe drei Stunden über den Papieren, die sie aus Leons Wohnung mitgebracht hatte. Eigentlich hatte sie mit der Arbeit schon am Abend zuvor anfangen wollen, doch nachdem Leon im Krankenhaus auf sie reagiert hatte, war sie so aufgeregt gewesen, dass sie es nicht geschafft hatte, sich länger als eine Minute auf die Notizen zu konzentrieren. Also hatte sie zum Telefon gegriffen, ihre Freundin Silja in Stockholm angerufen und sich alles von der Seele geredet, was sie belastete.

Zum Ausgleich für die verlorene Zeit war sie etwas früher als sonst aufgestanden und hatte sich gleich nach dem Duschen an die Arbeit gemacht.

Im ersten Durchgang hatte sie einfach alle Zettel der Reihe nach durchgesehen, ob auf ihnen eins der Schlagworte auftauchte, nach denen sie suchte. Den Begriff *tempus fugit* hatte sie zwar nirgends gefunden, genauso wenig wie den Namen Anton Sparre. Auch eine Jagd war bisher nicht erwähnt worden. Aber immerhin gab es drei Zettel, auf denen Jussis Name aufgetaucht war.

Jetzt war sie dabei, die einzelnen Notizen den Artikeln zuzuordnen, die Leon geschrieben hatte. Ein ziemlich aufwendiges Unterfangen, wie sie recht schnell festgestellt hatte. Bei einigen der Unterlagen war es eindeutig, wenn etwa Namen, Ortsbezeichnungen oder bestimmte

Begriffe auftauchten. Bei anderen war die Zuordnung wesentlich schwieriger. Die Zettel, mit denen sie überhaupt nichts anfangen konnte, hatte sie einfach etwas abseits auf einen separaten Stapel gelegt.

Die Arbeit war ziemlich ermüdend, daher war sie froh, als es an der Wohnungstür klingelte. Eine kleine Ablenkung kam ihr jetzt wirklich gelegen.

Kurz darauf führte sie Suna ins Wohnzimmer.

»Wow!«, entfuhr es der Privatdetektivin, als sie das Zettelchaos sah, das Henrike über den gesamten Wohnzimmerteppich und einen Teil der Möbel ausgebreitet hatte. »Haben Sie 'nen Papiertiger geschossen?«

»So ungefähr«, lachte Henrike. »Ich versuche gerade irgendwie, Ordnung ins Chaos zu bringen. Aber das scheint echt eine Lebensaufgabe zu sein. Wenn mein Bruder wieder okay ist, werde ich ihm wohl mal ein vernünftiges Ablagesystem beibringen, sonst erstickt er irgendwann noch in seinem Papierberg.«

»Wie geht es ihm denn?«, erkundigte sich Suna ernst.

Henrike holte tief Luft, bevor sie antwortete. Mit belegter Stimme erzählte sie, was sich am Abend zuvor im Krankenhaus abgespielt hatte.

»Ich war so wahnsinnig aufgeregt«, schloss sie ihren Bericht. »Anscheinend bekommt Leon wirklich mit, was um ihn herum vorgeht, er kann bloß nicht darauf reagieren.« Sie schluckte. »Das muss echt schlimm sein. Er ist sozusagen ein Gefangener in seinem eigenen Körper.«

Suna nickte voller Mitgefühl. Die Vorstellung war in der Tat beängstigend. »Hoffen wir, dass es ihm bald besser geht.«

»Ich mache mir ganz schön Vorwürfe, weil ich ihm alles erzählt habe«, gestand Henrike. »Ich habe gar nicht darüber nachgedacht, was ich damit anrichten kann, wenn ich ihm alles sage. Ich war so blöd!« Sie kämpfte mit den Tränen. »Wenn er sich jetzt so sehr aufregt ... Ich meine, das kann doch nicht gut für ihn sein. Wie konnte ich ihm bloß von Jussis Tod erzählen?«

»Sie sollten sich deswegen jetzt nicht selbst quälen«, versuchte Suna sie zu trösten. »Das Beste wird sein, wenn wir den Fall so schnell wie möglich lösen. Das wird auch Ihrem Bruder die nötige Ruhe geben, die er für die Heilung braucht.«

Henrike wischte sich mit dem Handrücken über die Nase und bemühte sich um ein Lächeln. »Ja, ich denke, Sie haben recht.«

Mit einer Handbewegung deutete sie auf die herumliegenden Unterlagen. »Ich habe alles schon einmal durchgesehen, manches auch zum zweiten Mal.«

Sie trat an ihren Schreibtisch heran und nahm einige Papiere in die Hand. »Hier sind drei Zettel, auf denen Jussis Name erwähnt wird. Blöderweise kann ich sonst nicht viel damit anfangen. Ich denke, sie gehören zu dem Artikel, den er vor eineinhalb Jahren über die Straßenkids geschrieben hat.«

Suna nahm die Zettel und überflog sie kurz. Außer der Feststellung, dass Leon Brandt eine Sauklaue hatte, fiel ihr nichts Interessantes auf.

»Sind Sie irgendwo auf den Namen Spider gestoßen?«, erkundigte sie sich, als sie wieder aufblickte.

»Spider?«, fragte Henrike verwirrt. »So wie die Spinne? Nein, den Namen habe ich bestimmt noch nicht gelesen. Daran würde ich mich auf jeden Fall erinnern. Ist das einer von diesen Jugendlichen, mit denen Jussi Mancini zu tun hatte?«

Suna nickte. »Genau das. Und interessanterweise ist er spurlos verschwunden, als er von ihrem Tod erfahren hat.«

»Denken Sie, er war vielleicht derjenige, der sie ...?« Henrike beendete den Satz nicht.

Suna zuckte die Achseln. »Möglich ist grundsätzlich alles, aber ich glaube eher, dass er ein Zeuge ist. Ich denke, er hat irgendetwas beobachtet, was er nicht hätte sehen sollen. Eine Freundin von ihm hat mir berichtet, dass er vollkommen verängstigt war, als er gehört hat, was mit Jussi passiert ist. Von daher ist es gut möglich, dass er sich irgendwo versteckt hält. Ich hoffe, dass wir ihn möglichst bald finden.«

»Der arme Kerl!«, meinte Henrike voller Mitgefühl. »In seiner Haut möchte ich nicht stecken.«

Sie ging wieder zum Schreibtisch, griff nach einem Handy und reichte es Suna.

»Hier ist das Telefon von meinem Bruder, das die Nachbarin nach dem Sturz auf der Treppe gefunden hat. Ich weiß nicht, ob Sie etwas damit anfangen können. Es ist leider ziemlich kaputt, und den Code kenne ich auch nicht.«

Suna nahm das Handy entgegen und lachte leise. »Ziemlich kaputt ist die Untertreibung des Jahres, würde ich sagen. Das Ding ist ja nur noch Schrott. Na ja, ich werde es trotzdem meinem Bekannten geben. Er ist ein echter Technik-Freak. Wenn einer damit noch was anfangen kann, dann er.«

»Ich hoffe, es bringt Sie wenigstens ein bisschen weiter.«

»Ehrlich gesagt mache ich mir da keine allzu großen Hoffnungen«, gab Suna zurück. »Wichtiger ist es jetzt, dass wir Spider so schnell wie möglich finden. Womöglich ist er der Einzige, der uns sagen kann, was wirklich passiert ist.«

*

Die tief stehende Morgensonne stach ihm grell in die Augen.

Noch vollkommen benommen torkelte Spider den Gehweg entlang. Die Stelle an seinem Arm, die der Kerl in der Nacht mit dem Messer erwischt hatte, schickte einen stetigen, pochenden Schmerzimpuls an sein Gehirn. Noch viel schlimmer allerdings fühlte sich sein Kopf an.

Als er früh am Morgen aufgewacht – oder besser gesagt: zu sich gekommen – war, hatten ihn die Kopfschmerzen fast wahnsinnig gemacht. Die linke Seite seines Gesichts war dick geschwollen, und er hatte Schwierigkeiten, sein linkes Auge richtig zu öffnen. Die ekelhafte Kruste auf seiner Haut, die er mit der Hand ertastete, war dagegen nur ein winzig kleines Problem.

Nur mit Mühe hatte er es geschafft, vom Boden aufzustehen und durch den zerbrochenen Glaseinsatz der Ladentür ins Freie zu schlüpfen. Seine Sachen hatte er einfach zurückgelassen. Seine Kraft reichte nicht aus, um mehr als nur das eigene Körpergewicht zu tragen.

Ihm war klar gewesen, dass er aus dem Laden verschwunden sein musste, bevor Goldzahn und sein Kumpel wieder auftauchten und ihn endgültig zu den Engeln schickten. Und dass sie bald zurückkommen würden, daran hatte er keinerlei Zweifel gehabt. Das war ihr Platz, das hatten sie ihm gegenüber klargestellt, und sie würden sich sicher nicht so einfach von dort vertreiben lassen.

Schon gar nicht durch einen jugendlichen Streuner wie ihn.

Immer noch war ihm kotzübel, doch er zwang sich weiterzugehen. Es konnte nicht mehr weit sein, bis er an seinem Ziel ankam, und so lange musste er auf jeden Fall noch durchhalten.

Er schniefte und spuckte den Rotz auf die Straße.

Nur noch ein paarhundert Meter, sagte er sich. Weiter konnte es nicht sein, bis er sein Ziel erreichte: das alte, leer stehende Lagerhaus, in dem er schon ein paar Nächte verbracht hatte, bevor Theo ihn mit in das Abrisshaus genommen hatte.

»Hoffentlich ist Faxe noch da«, murmelte er leise vor sich hin. Faxe war ein netter Kerl. Ein bisschen paranoid zwar, aber immer dazu bereit, mit einem Freund zu teilen. Und was das Wichtigste war: Faxe hatte immer etwas von dem da, was er jetzt am dringendsten brauchte: Etwas, das ihn lange und vor allem ohne Albträume schlafen ließ.

*

»Kobo ist echt lustig.« Adana kicherte. »Ich glaube, ich habe noch nie jemanden wie ihn kennengelernt.«

»Das kann ich mir vorstellen«, stimmte Suna vorbehaltlos zu. »Ich denke, er ist wirklich einzigartig. Aber auf seinem Fachgebiet eben auch einzigartig gut.«

Sie saß am Steuer ihres Wagens, während Adana auf dem Beifahrersitz Platz genommen hatte. Das Mädchen verspeiste zum Frühstück eine Dose Erdnüsse, die sie in dem Karton hinter dem Beifahrersitz entdeckt hatte. Dazu trank sie Cola aus einer großen Flasche.

Suna warf ihr einen skeptischen Seitenblick zu. Ihrer Meinung nach war das zwar nicht gerade die richtige Art und Weise, wie eine Schwangere sich ernähren sollte, aber sie verkniff sich einen Kommentar. Wahrscheinlich waren die Erdnüsse und die Fischbrötchen vom Vortag schon ein großer Fortschritt gegenüber dem, was Adana normalerweise bekam.

Sie hatten gemeinsam Leon Brandts Handy zu Kobo gebracht, einem Bekannten von Suna, der manchmal für sie arbeitete. Goran Kobosevic – wie Kobo mit bürgerlichem Namen hieß – war ein Genie in allen Bereichen, die mit Computern und Telekommunikation zu tun hatten. Es war gut möglich, dass er es schaffte, trotz des miserablen Zustands alle Daten aus dem Gerät herauszulesen, das Suna ihm gegeben hatte.

Allerdings würde das nicht nur Zeit in Anspruch nehmen – Zeit, die sie definitiv nicht hatten – sondern Suna bezweifelte auch, dass es sie sonderlich weiterbringen würde. Nachdem Henrike ihr erzählt hatte, dass ihr Bruder grundsätzlich kaum E-Mails oder Textnachrichten verschickt hatte, sondern immer direkte Gespräche am Telefon bevorzugt hatte, erwartete sie höchstens, auf ein paar interessante Telefonnummern zu stoßen.

»Hier waren wir auch öfter mal«, riss Adana Suna aus ihren Gedanken. Das Mädchen wies auf ein paar verwaiste Bänke, die unter einer Gruppe großer Platanen angeordnet waren. Dann reckte es den Hals, um draußen alles überblicken zu können, während Suna langsam an dem kleinen gepflasterten Platz vorbeifuhr.

Sie sah auf den ersten Blick, dass sie Spider hier nicht finden würden. Der Platz war menschenleer.

»Wieder nichts«, sagte Adana. Die Enttäuschung stand ihr deutlich ins Gesicht geschrieben.

»Ich habe dich ja gewarnt, dass es nicht so einfach wird«, erinnerte sie Suna. »Die Wahrscheinlichkeit, dass wir ihn mehr oder weniger zufällig auf der Straße entdecken, ist doch ziemlich gering. Aber vielleicht kriegen wir ja bald einen Tipp, der uns weiterbringt.«

Schon bevor Suna mit Adana losgefahren war, hatte sie ihre vielen Kontakte in Lübeck angerufen und ihnen eine Beschreibung von Spider durchgegeben. Zahlreiche Gastwirte, Kioskbesitzer und Taxifahrer hielten jetzt nach dem Jungen Ausschau und würden sich sofort bei ihr melden, falls sie ihn sahen.

»Ich schlage vor, dass wir jetzt noch ein Stück weiter in Richtung Trave fahren und uns am Ufer umsehen«, fuhr Suna fort. »Da gibt es ein paar einschlägig bekannte Plätze. Vielleicht hat er da irgendwo übernachtet.«

»Bestimmt nicht.« Adana schüttelte vehement den Kopf. »Spider würde niemals in der Nähe von einem Fluss oder auch nur einem Teich schlafen. Auf gar keinen Fall. Er hasst Wasser!«

Suna sah sie erstaunt an. »Warum das denn?«

»Keine Ahnung«, gab Adana mit einem Achselzucken zurück. »Ich habe ihn zwar mal gefragt, aber er hat es mir nicht verraten. Ich mag das nämlich eigentlich ganz gern, so im Sonnenuntergang an der Trave zu sitzen und ein Eis zu essen. Aber er hat sich immer geweigert, auch nur in die Nähe zu gehen. Er wäre niemals auf die Idee gekommen, ein Picknick am Ufer zu machen oder so.«

Sie hielt weiterhin aufmerksam nach Spider Ausschau, während sie weitersprach.

»Eigentlich ist das merkwürdig. Ziemlich merkwürdig sogar«, sagte sie nach einer Weile. Es klang sehr nachdenklich.

»Was meinst du?«, hakte Suna nach.

»Ach, es ist wahrscheinlich nichts«, meinte Adana. Es hörte sich eher so an, als würde sie nur laut nachdenken. »Ich hab mich nur gerade an einen Vorfall vor ein paar Wochen erinnert. Da hat Felix behauptet, dass er früher immer segeln gegangen ist, mit seinem Opa oder so. Damit hat er total angegeben. Er hat gesagt, dass er später mal auf einem Boot leben will und dass er schon den Segelschein gemacht hat. Aber Spider hat gleich gesagt, dass Felix keine Ahnung vom Segeln haben kann, weil er nicht mal die Fachbegriffe kennt.« Sie sah zu Suna hinüber. »Ich fand das ziemlich merkwürdig. Warum wusste Spider das, wenn er doch selbst nie was mit Wasser zu tun haben will?«

»Das ist in der Tat merkwürdig«, stimmte Suna nachdenklich zu, wechselte dann aber das Thema.

»Und du willst wirklich noch mal zurück zum Abrisshaus?«, erkundigte sie sich.

»Ja, ich denke schon«, nickte Adana. »Ich habe noch ein paar Sachen dort, die ich mir unbedingt holen will. Persönliche Dinge, Sie wissen schon. Außerdem muss ich noch mal mit den anderen reden. Vielleicht haben sie ja was von Spider gehört. Ihnen würde da wohl kaum jemand was erzählen, aber wenn ich sie frage, fällt das überhaupt nicht auf. Spider und ich sind schließlich Freunde.«

Suna lag es auf der Zunge zu bemerken, dass sie wohl etwas mehr waren als nur Freunde. Doch sie hielt sich zurück. Sie konnte Adana noch nicht gut genug einschätzen, um zu wissen, inwieweit sie gut gemeinte Ratschläge annehmen würde oder wann der Punkt erreicht war, an dem sie sich bevormundet fühlte und die Schotten dicht machte.

»Und es ist wirklich okay für Sie, wenn ich noch ein paar Nächte bei Ihnen auf dem Sofa schlafe?«, fragte Adana mit einem unsicheren Seitenblick auf Suna.

»Ist es«, bestätigte diese. »Da gibt es absolut kein Problem.«

»Gut. Das ist echt nett von Ihnen. Sie können mich am besten schon hier rauslassen.« Adana wies auf eine Straßenecke, die ironischerweise ganz in der Nähe des Hinterhofs lag, in dem Holger Schumke Drogen an Jussis Schützlinge verkauft hatte. »Es ist besser, wenn niemand von den anderen mitbekommt, dass ich bei Ihnen mitgefahren bin. Sonst werden sie noch misstrauisch und erzählen mir nichts mehr.«

Suna lachte leise. »Gut kombiniert. Wenn du so weitermachst, kannst du noch irgendwann in mein Geschäft einsteigen.«

»Vielleicht mache ich das.« Adana grinste über das ganze Gesicht. »Aber erst mal freue ich mich darauf, dass ich heute Abend wieder in Ihre Badewanne einsteigen darf.«

Nachdem sie aus dem Wagen ausgestiegen war, sah Suna ihr nach, bis sie um die nächste Straßenecke gebogen und aus ihrem Blickfeld verschwunden war. Etwas, dass Adana erzählt hatte, spukte ihr unaufhörlich im Kopf herum.

Kurzentschlossen griff sie nach ihrem Handy und wählte die Nummer der Detektei.

»Ich bin's«, sagte sie, nachdem Lucia sich gemeldet hatte. »Du, ich habe da eine Idee. Such doch bitte schon mal die Nummern von sämtlichen Jachthäfen, Sportboot- und Segelvereinen in der Umgebung raus, ja? Ich komme gleich zurück, dann können wir parallel telefonieren. Henrike hat uns doch erzählt, dass eines von Jussis letzten

Worten *Jagd* war, erinnerst du dich? Ich bekomme den Gedanken nicht aus dem Kopf, dass sie sich da vielleicht einfach nur verhört hat, und es eigentlich *Jacht* heißen sollte. Es könnte nämlich gut sein, dass *Tempus Fugit* schlicht und einfach der Name eines Bootes ist.«

*

Spider atmete erleichtert auf, als endlich das verlassene Lagerhaus in seinem Blickfeld auftauchte.

Es konnten kaum mehr als eineinhalb oder zwei Kilometer Fußmarsch gewesen sein, die er hinter sich gebracht hatte. Trotzdem hatte er sich zweimal am Straßenrand hinsetzen und sich ausruhen müssen. Auch jetzt ging sein Atem schon wieder hektisch und stoßweise. Sein Kopf drohte zu explodieren, und seine Kehle fühlte sich trocken und rau wie Sandpapier an.

Trotzdem schleppte er sich weiter, das erlösende Ziel im Blick. Er hoffte nur, dass Faxe immer noch in dem Lagerhaus kampierte. Er würde ihm helfen, da war er ganz sicher.

Mit schlurfenden Schritten umrundete er das Lagerhaus. Er hielt nach der in einer Nische angebrachten Hintertür Ausschau, die er schon früher oft als Ein- und Ausstieg benutzt hatte. Als er sie gefunden hatte und sah, dass zwar eine Kette mit Vorhängeschloss daran befestigt, diese aber nicht eingehakt war, atmete er erleichtert auf. Vielleicht hatte er ja ausnahmsweise tatsächlich mal Glück. Vorsichtig zog er die Tür einen Spalt weit auf und spähte hindurch.

Er brauchte eine Weile, bis er in dem schummrigen Halbdunkel, das im Inneren des Lagerhauses herrschte, etwas erkennen konnte.

Es sah genauso aus wie vor einigen Wochen, als er zum letzten Mal hier gewesen war. Bis auf ein paar ausrangierte Baufahrzeuge, die auf einer Seite des Lagerhauses abgestellt waren, war der Innenraum leer. Allerdings war der Boden mit Bauschutt, Müll und leeren Flaschen übersät. Ein paar der kleinen Fenster, deren Scheiben zerbrochen waren, hatte jemand grob mit Brettern vernagelt. Die anderen waren so schmutzig, dass sie kaum Licht durchließen.

Zufrieden stellte Spider fest, dass eine Ecke des Innenraums vom Müll befreit worden war. Hier lag eine Isomatte und darauf ausgebreitet ein Schlafsack. An der Wand standen sauber aufgereiht ein paar noch gefüllte Bier- und Wasserflaschen und sogar einige Konservendosen.

Ravioli aus der Dose, ging es Spider durch den Kopf. Die hatte Faxe immer am liebsten gemocht. Er schien also noch da zu sein.

»Faxe?«, rief er leise, während er ein paar vorsichtige Schritte in das Lagerhaus hineinging. »Faxe, bist du da?«

Er lauschte so konzentriert, wie es seine pochenden Kopfschmerzen zuließen.

Nichts.

»Faxe?«, wiederholte er in quengeligem Ton. »Jetzt komm schon raus! Ich bin's nur, Spider.«

Momentan stand ihm der Sinn absolut nicht nach irgendwelchen Spielchen. Dafür ging es ihm viel zu dreckig.

Noch immer war nichts zu hören, doch plötzlich nahm er aus dem Augenwinkel eine Bewegung wahr. Blitzschnell fuhr er herum – und bereute es sofort. Ein stechender Schmerz bohrte sich in sein linkes Auge und breitete sich rasant in seinem Kopf aus.

»Fuck!«, brüllte er, riss die Hand hoch und presste sie auf sein Auge. Mit dem anderen beobachtete er, wie Faxe sich vorsichtig aus einem Mini-Bagger schälte und auf ihn zukam. Er war überrascht, dass der große, stämmige Kerl überhaupt dort reingepasst hatte.

»Ey, Spider«, sagte er zur Begrüßung. Seine Stimme war seltsam hell und schien gar nicht zu seiner massigen Gestalt zu passen. »Du hast mir echt 'nen Schrecken eingejagt. Hier einfach so aufzutauchen. Das hätte ja sonstwer sein können.«

»Irgendein ausländischer Geheimdienst oder die Russen-Mafia, ich weiß«, sagte Spider. Faxe war zwar ein durch und durch gutmütiger Kerl, aber seine Paranoia grenzte an Besessenheit. Seine gesamte Welt bestand nur aus aberwitzigen Verschwörungstheorien.

»Aber ich bin's nur«, fuhr er fort, »das habe ich doch gleich gesagt. Und ich brauche dringend deine Hilfe.«

Faxe musterte ihn abschätzig. »Du siehst echt beschissen aus, Alter«, stellte er in sachlichem Ton fest. »Du brauchst erst mal was zu essen.«

»Vergiss es.« Spider schüttelte den Kopf, was wieder ein halbes Erdbeben in seinem Gehirn auszulösen schien. »Ich brauche nur was zur Entspannung und ein bisschen Ruhe. Danach geht's mir bestimmt wieder besser.«

»Erst wird gegessen«, beharrte Faxe. Sein Tonfall war trotzig wie der eines kleinen Kindes. »Vorher kriegst du nichts von mir, sonst kippst du mir noch aus den Latschen.«

»Also gut«, gab Spider nach. Er wusste, dass er gegen Faxe sowieso nichts würde ausrichten können. Was der sich einmal in den Kopf gesetzt hatte, zog er auch durch.

Faxe starrte ihn unverwandt an.

»Alter, du stinkst wie 'n Schwein«, stieß er schließlich mit angewiderter Miene hervor. »Hast du dich vollgekotzt oder was?« Er wies mit einem Kopfnicken auf die Hintertür, durch die Spider ins Lagerhaus gekommen war. »Draußen steht 'ne Tonne mit Regenwasser. Mach dich erst mal 'n bisschen sauber. Ich mach' solange 'ne Dose Ravioli auf.

Gehorsam trottete Spider zur Hintertür. Allein beim Gedanken an die schlabbrigen, glitschigen Nudelstücke begann sein Magen leicht zu rebellieren, aber wenn er im Gegenzug hinterher etwas von Faxes Stoff abbekam, würde er seinem Kumpel halt den Gefallen tun und ein paar Bissen essen.

Außen hinter der Rückwand des Lagerhauses fand er die alte Blechtonne, in der sich das Regenwasser der letzten Wochen gesammelt hatte. Mit beiden Händen griff er hinein. Es war so kalt, dass er zusammenzuckte. Doch erstaunlicherweise tat es ihm gut, als er sich das Wasser ins Gesicht schaufelte. Plötzlich schien er zumindest halbwegs wieder in der Lage zu sein, eigenständig zu denken.

Mit dem Jackenärmel trocknete er sich notdürftig ab, bevor er sich wieder in Richtung Hintertür auf den Weg machte.

Er wollte gerade wieder ins Lagerhaus zurückgehen, als er plötzlich stutzte. Waren da drinnen eben Stimmen gewesen?

Spider zögerte. Faxe hatte zwar in mehr als einer Hinsicht eine Schraube locker, aber Selbstgespräche führte er normalerweise nicht. Es musste also jemand bei ihm sein.

Aber wer?

Langsam und vorsichtig näherte sich Spider einem der schmutzigen Fenster und versuchte hindurchzusehen. Es war zwecklos. Die Schmutzschicht auf der Fensterscheibe war so dick, dass er nicht einmal ansatzweise erkennen konnte, was sich im Inneren des Lagerhauses tat.

Also schlich er zur Hintertür, die er vorhin nicht richtig zugedrückt hatte. Er ging in die Hocke und spähte vorsichtig durch den Türspalt.

Als er erkannte, was im Lagerhaus passierte, presste es ihm die Luft aus den Lungen. Er keuchte leise auf.

Faxe war tatsächlich nicht mehr allein. Zwei Männer waren bei ihm. Sie mussten die vordere Tür des Lagerhauses aufgehebelt haben. Jetzt standen sie bei seinem Kumpel und bedrohten ihn mit einer Pistole.

Doch das war nicht einmal das Schlimmste.

Viel schlimmer war, dass Spider die beiden Kerle sofort erkannt hatte. Einer war ein gedrungener Typ mit militärisch kurzgeschnittenen Haaren und einem Drei-Tage-Bart. Der andere, etwas größere Mann hatte einen kahlrasierten Schädel. Hinter seinem linken Ohr zog sich ein tätowiertes Spinnennetz bis zum Halsansatz hinunter. Beide Männer wirkten so durchtrainiert, dass sie vor Muskeln kaum laufen konnten.

Es waren die Männer, die ihn zwei Tage zuvor in der Nähe des Abrisshauses aufgespürt und verfolgt hatten. Und nicht nur das. Spider kannte sie schon von früher.

Er schloss die Augen und presste die Zähne aufeinander, um bei den schrecklichen Bildern, die sofort wieder in seinem Kopf auftauchten, nicht laut loszuschreien.

»He, was wollt ihr von mir?«, hörte er Faxes helle Stimme. Sie klang gedämpft, war aber gut zu verstehen.

»Wir suchen deinen Kumpel, diesen Spider«, gab Spinnennetz in schneidendem Ton zurück. »Ist er hier?«

»N-nein«, stotterte Faxe.

Spinnennetz machte einen langen Satz nach vorn und drückte Faxe seine Pistole direkt an die Stirn. »Lüg' mich nicht an!«, brüllte er. »Ich weiß, dass er hier irgendwo ist.«

»Nein!«, widersprach Faxe. Die Angst ließ seine Stimme noch höher und schriller klingen, als sie ohnehin schon war. »Ich sage die Wahrheit, das schwöre ich. Er ist nicht hier!«

Spinnennetz drückte Faxe weiterhin die Waffe an die Stirn, während der andere Mann erst Faxes große Tasche und dann seinen Rucksack vor sich ausleerte. Mit dem Fuß stocherte er in den Sachen herum.

»Ah, was haben wir denn da?«, sagte er mit einem triumphierenden Unterton in der Stimme. Er ging in die Hocke und hielt mit zwei Fingern eine Spritze hoch. »Wir gönnen uns wohl mal ab und an was zur Entspannung, hm?«

Spider schluckte schwer. Was im Lagerhaus ablief, ängstigte ihn zu Tode, aber er schaffte es nicht, seinen Blick abzuwenden. Mit weit aufgerissenen Augen verfolgte er das Geschehen.

Die Panik in Faxes Miene wurde immer größer. »Das ist meins«, krächzte er. »Das gehört mir, das ist nicht von Spider.«

»So?«, fragte Spinnennetz amüsiert. »Na, wenn das so ist, wollen wir es dir natürlich nicht wegnehmen. Und ich gebe dir vollkommen recht. Ein bisschen Entspannung wird dir bestimmt ganz gut tun.«

Mit einer Kopfbewegung gab er seinem Kumpel ein Zeichen. Der grinste hämisch und begann mit Faxes Fixerbesteck herumzuhantieren.

Spider hielt den Atem an, als die Flamme eines Feuerzeugs aufflackerte und der Typ etwas darüber hielt, was wie ein Löffel aussah. Er konnte nicht genau erkennen, was der Kerl machte, vermutete aber, dass er einen Schuss Heroin vorbereitete.

Kurz darauf bestätigte sich seine Befürchtung.

Spinnennetz gab Faxe mit der freien Hand einen kräftigen Stoß, sodass dieser nach hinten kippte und auf dem Hintern landete. Blitzschnell wand sich der Kerl um Faxe herum, legte einen Arm fest um dessen Hals und presste ihm die Mündung seiner Waffe jetzt gegen die Schläfe.

Der Schwarzhaarige zog währenddessen die Spritze auf, packte Faxes Arm und schnürte ihn mit einem schmalen Gurt ab. Dann setzte er die Spritze an.

»Das wird dich doch sicher daran erinnern, wo dein Kumpel Spider ist«, meinte Spinnennetz mit einem hämischen Grinsen.

»Nein!«, kreischte Faxe panisch. »Das ist zu viel! Viel zu viel!«

»Dann sag uns endlich, wo er ist!«, herrschte Spinnennetz ihn an. »Wo ist Spider?«

»Er – er war hier, aber jetzt ist er wieder weg«, winselte Faxe. »Er wollte unten an die Trave, zur Holstenbrücke, glaube ich. Er wollte sich da mit jemandem treffen.«

Spinnennetz nickte zufrieden. »Na also, es geht doch.«

Mit einem Kopfnicken gab er seinem Kumpan zu verstehen, dass er weitermachen sollte.

Wie gebannt beobachtete Spider das weitere Geschehen. Er wusste, dass er sofort abhauen musste. Er musste so weit weg von hier wie möglich. Aber er schaffte es nicht, sich auch nur einen Millimeter zu bewegen.

Faxe hatte inzwischen zu röcheln begonnen. Mit geöffnetem Mund rang er um Luft.

»Zu viel«, stöhnte er noch einmal.

Dann wurde er still.

*

Lucia telefonierte gerade, als Suna die Tür zur Detektei aufschloss. Sie winkte ihrer Chefin lächelnd zu, bevor sie in den Telefonhörer sagte: »Trotzdem Danke. Wie? Ja, ich werde im Sommer bestimmt mal vorbeikommen und mir den Verein ansehen. Tschüss.«

Sie legte auf und verdrehte die Augen.

»Noch kein Glück gehabt?«, erkundigte sich Suna amüsiert.

Lucia seufzte. »Nein. Aber immerhin habe ich jetzt schon drei Einladungen zum Segeln für den nächsten Sommer.«

»Na, das ist doch auch schon was.« Sunas Gesicht verzog sich zu einem breiten Grinsen. »Aber halt dir wenigstens noch ein paar Termine zum Arbeiten frei, ja?«

»Mach ich.« Lucia kicherte. »Es kann ja noch einiges dazukommen. Sie zeigte auf eine lange Liste, die vor ihr auf dem Schreibtisch lag. Nur ein paar der Namen waren bisher durchgestrichen.

»Na, dann werde ich dir mal helfen«, meinte Suna amüsiert. »Vielleicht bekomme ich ja auch eine Einladung zu einem Segeltörn. Wäre immerhin mal eine nette Abwechslung.«

Während Lucia ihre Liste weiter von oben nach unten abarbeitete, griff Suna zu ihrem Handy und begann mit dem untersten Namen, einem kleinen Segelverein, der seinen Sitz ein Stück östlich von Lübeck an der Ostseeküste hatte.

Doch weder hier noch bei der nächsten Adresse kannte jemand ein Boot mit dem Namen *Tempus Fugit*.

Der nächste Name auf der Liste war ein kleinerer Jachthafen in der Nähe von Wismar.

»Die *Tempus Fugit*?«, fragte der Hafenmeister, der sich als Hannes Winkelmann vorgestellt hatte. »Na klar kenne ich die. Sie hat zwar nicht hier bei uns ihren Liegeplatz, aber die Reisenbachers waren früher ab und an mal bei uns zu Gast.«

Sunas Pulsschlag beschleunigte sich bei seinen Worten spürbar.

»Die Reisenbachers?«, fragte sie aufgeregt nach. Sie war sich sicher, dass sie den Namen irgendwann schon mal gehört hatte, konnte sich aber nicht mehr an den Zusammenhang erinnern.

»Ja, das war natürlich, bevor das passiert ist«, gab Winkelmann bedrückt zurück. »Eine echt böse Sache.«

»Tut mir leid, aber ich weiß momentan überhaupt nicht, worüber Sie reden«, gab Suna ehrlich zu. »Können Sie mir da vielleicht auf die Sprünge helfen?«

»Ach so«, meinte der Mann verdutzt. »Und ich habe gedacht, dass Sie genau deswegen angerufen haben. Die Reisenbachers waren dieses Unternehmerpaar aus Stralsund. Sie sind überfallen worden, als sie mit ihrer Jacht – eben der *Tempus Fugit* – draußen auf der Ostsee unterwegs waren.« Er senkte die Stimme. »Genaueres weiß ich nicht, aber die Räuber müssen sie ganz schön brutal zugerichtet haben. Von dem Mann war wohl nicht mehr allzu viel zu erkennen, munkelt man.«

»Das war der brutale Raub?«, fragte Suna ungläubig. Sie erinnerte sich noch gut an den Fall. Vor ein paar Monaten war er tagelang in den Medien präsent gewesen, bis er durch aktuellere Ereignisse aus den Schlagzeilen verdrängt worden war. »Davon habe ich natürlich gehört. Ich wusste bloß nicht, dass die Jacht der Reisenbachers *Tempus Fugit* hieß.«

»Ich nehme an, dass der Bootsname die Leute damals weniger interessiert hat«, erklärte Winkelmann. »Ich erinnere mich daran, dass die Reporter kurz nach dem Überfall die Jachthäfen und Segelvereine regelrecht belagert haben, um an Informationen zu kommen. Sogar hier bei uns waren ein paar von denen. Aber nach dem Namen der Jacht hat mich keiner gefragt.«

Suna verzog das Gesicht zu einer Grimasse. »Andere Details haben da wahrscheinlich mehr Aufmerksamkeit versprochen.«

»Da könnten Sie recht haben.« Winkelmann lachte freudlos auf. »Kann ich Ihnen denn sonst noch irgendwie weiterhelfen?«

»Danke, nein«, erwiderte Suna freundlich. »Sie haben mir wahrscheinlich schon mehr geholfen, als Sie denken.«

Nachdem sie sich noch einmal bedankt hatte, legte sie auf und tauschte einen vielsagenden Blick mit Lucia, die vor ihr stand und den letzten Teil des Gesprächs mitangehört hatte.

Sie war sich sicher, dass sie endlich auf der richtigen Spur waren.

*

»Ich glaube, ich haue hier auch bald ab«, knurrte Katy genervt. »Ohne Jussi werden wir doch nur noch verarscht. Und Birger geht mir sowieso total auf 'n Sack.« Sie sah halb unsicher, halb erwartungsvoll zu Adana hinüber.

»Deine Freundin hat nicht zufällig noch genug Platz in ihrer Wohnung, damit ich mit dir mitkommen kann?«

»Nee, ist zu zweit schon verdammt eng«, behauptete Adana, was durchaus der Wahrheit entsprach. »Außerdem kann ich eh nur ein paar Tage bei ihr bleiben. Aber immerhin. Ein paar Tage warme Räume und ein richtiges Bad.« Die Badewanne erwähnte sie lieber nicht. Sie selbst wäre dazu in der Lage, für ein heißes Bad fast einen Mord zu begehen, und sie wusste nicht, ob es Katy nicht ähnlich ging. Aber eine anhängliche Klette konnte sie jetzt wirklich nicht gebrauchen.

»Okay, ich geh dann mal rein, ein paar Sachen zusammenpacken«, sagte sie, als Katy anstelle einer Antwort nur einen Schmollmund zog. »Wir sehen uns ja vielleicht nachher noch mal.«

Sie lächelte Katy noch einmal kurz zu, bevor sie sich umdrehte und ins Abrisshaus hineinging. Wie immer in den letzten Wochen stieg bei dem Geruch, der ihr im Treppenhaus entgegenschlug, eine leichte Übelkeit in ihr auf.

Unwillkürlich legte sie die Hand auf ihren Bauch und stapfte die Treppenstufen zum ersten Stock hoch. Dort hatte sie in den letzten Monaten in einem kleinen Zimmer Quartier bezogen, das ganz am Ende eines langen Flurs lag.

Als sie durch den Flur lief, nahm sie plötzlich aus dem Augenwinkel eine Bewegung in einem der Zimmer wahr, dessen Tür einen Spaltbreit offenstand. Abrupt stoppte sie und spähte in den kleinen Raum.

Sie entdeckte Theo, der vor einer auf dem Boden liegenden Matratze kauerte und an einem Rucksack herumnestelte. Als sie allerdings sah, was er in den Händen hielt, stockte ihr der Atem.

Es war Geld. Sehr viel Geld!

Mindestens drei Hunderter waren dabei, ein paar Fünfziger und noch einige kleinere Scheine.

Sie stieß die Tür auf, trat ins Zimmer und starrte Theo an.

»Wo hast du das her?«

Blitzschnell fuhr Theo herum. Er versuchte noch, das Geld im Rucksack zu verstecken, aber als ihm klar wurde, dass Adana bereits alles gesehen hatte, behielt er es einfach in der Hand. Um seinen Mund erschien ein trotziger Zug.

»Ich will wissen, wo du so viel Geld herhast«, zischte Adana und funkelte ihn wütend an. »Du hast es geklaut, oder?«

»Schwachsinn. Ich klaue nicht.«

Theo kam hoch und baute sich mit verschränkten Armen vor Adana auf. Er überragte sie um mindestens zwanzig Zentimeter, doch sie ließ sich davon keineswegs beeindrucken. Mit beiden Händen stieß sie ihn vor die Brust, sodass er einen schnellen Schritt nach hinten machen musste, um nicht das Gleichgewicht zu verlieren.

»Ey Alte, jetzt chill mal«, murrte er genervt.

»Ich werde überhaupt nicht chillen!«, fauchte Adana zurück. Auf ihrer Stirn hatte sich vor Zorn eine tiefe Furche gebildet. »Wenn du mir nicht sofort erzählst, wo du das Geld herhast, sage ich Birger Bescheid. Der wird das schon rauskriegen, notfalls auch zusammen mit den Bullen.«

»Hat dir schon mal jemand gesagt, dass du nervst?« Theo trat noch einen Schritt zurück und versuchte, betont gleichgültig zu wirken, aber Adana war klar, dass sie mit ihrer Drohung einen Treffer gelandet hatte.

»Also?«, zischte sie ihn an.

»Ich hab das Geld nicht geklaut, ich habe es mir verdient«, erklärte Theo trotzig.

Adana musterte ihn misstrauisch. »Und womit verdient einer wie du so viel Geld?« Ihr kamen einige Möglichkeiten in den Sinn, aber keine davon war legal.

»Vorhin war so 'n Typ da.« Theo zuckte die Achseln. »Keine Ahnung, wer das war, aber er hat mich nach Spider gefragt. Er wollte wissen, wo der immer so abhängt. Er hat mir Geld dafür geboten, wenn ich ihm alles erzähle, was ich über Spider weiß. Also, warum sollte ich es ihm da nicht sagen? Ist doch nichts dabei!«

»Nichts dabei?«, schrie Adana. »Spinnst du? Du verrätst einen von uns für ein bisschen Kohle?«

Theo war inzwischen sichtlich genervt. »Ey, mit Verrat hat das jetzt echt nichts zu tun. Ich habe nur ein bisschen über einen Kumpel geplaudert, mehr nicht. Und ich kann das Geld echt gut gebrauchen. Bin nämlich gerade ein bisschen knapp.«

»Ich glaub' es einfach nicht! Und einer wie du nennt sich auch noch ein Freund.« Adana schüttelte fassungslos den Kopf, dann atmete sie ein paar Mal tief durch. »So«, meinte sie bestimmt. »Und jetzt erzählst du mir haarklein, was du dem Typen alles verraten hast!«

*

»Reisenbacher?«, wiederholte Rebecca am Telefon. »Ja, klar sagt mir der Name was. Das war doch dieser Raubmord auf der Ostsee. Irgendwann im Frühjahr, wenn ich mich richtig erinnere.«

Suna nickte. »Genau den Fall meine ich. Soweit ich weiß, wurden der oder die Täter damals nicht gefasst.

Kannst du mir davon irgendwie die Ermittlungsakten beschaffen?«

»Ich fürchte, das wird nicht so einfach«, gab Rebecca zögernd zurück. »Die Reisenbachers waren zwar Deutsche, aber die Jacht wurde glaube ich irgendwo in dänischen Hoheitsgewässern gefunden, wo sie herrenlos im Wasser getrieben ist. Kann also gut sein, dass die Dänen den Fall bearbeiten, vielleicht zusammen mit den Kollegen in Stralsund.«

»Dänemark also«, meinte Suna. »Mist. Mein Dänisch ist echt miserabel.«

»Meins auch«, kicherte Rebecca. »Aber wenn du willst, werde ich mich natürlich mal umhören, was die Gerüchteküche so hergibt. Und du weißt ja, da drin bin ich ziemlich gut, man könnte fast sagen, ich bin nicht nur die Chefköchin, sondern mir gehört die ganze Küche. Und die Schlüssel zum Giftschrank habe ich natürlich auch.«

Suna lachte. »Na, da kann ich dir nur zustimmen. Und wenn du wirklich was Interessantes für mich rausfindest, stehe ich tief in deiner Schuld.«

»So wie immer also«, erwiderte Rebecca trocken. »Na, dann werde ich mich gleich mal umhören.«

Nachdem Suna aufgelegt hatte, kam Lucia auf sie zu, die inzwischen im Internet über den Fall Reisenbacher recherchiert hatte. Sie gab Suna zwei Blätter Papier, die sie gerade aus dem Drucker geholt hatte.

»Hier«, sagte sie bedrückt. »Ich habe einen Artikel gefunden, der den Fall ganz gut beschreibt. Er ist aus einem Ostsee-Blog.«

Suna nahm die Papiere entgegen und begann zu lesen.

Piraterie auf der Ostsee?, lautete die Überschrift.

Wer bei dem Begriff Piraten an alte Seebären mit Augenklappe und Papagei auf der Schulter denkt, die in der

Karibik ihr Unwesen getrieben haben und Thema zahlreicher Kinofilme sind, liegt zwar nicht ganz falsch, verkennt aber die Aktualität des Themas.

Die Piraterie ist in vielen Teilen der Welt immer noch ein mehr als einträgliches Geschäft. Man denke nur an die Meldungen über entführte Frachtschiffe und freigepresste Besatzungen am Horn von Afrika. Doch auch in unseren Breiten tritt das Phänomen zeitweise auf.

Ein besonders erschreckender Fall von Piraterie ereignete sich offenbar letzte Woche auf der Ostsee und löschte eine ganze Familie aus.

Die Familie R. aus Stralsund, die ein mittelständisches Unternehmen im Hochtechnologie-Bereich besitzt, wollte eigentlich nur ein paar entspannte Tage auf See verbringen – und ahnte nicht, dass sie damit ihr eigenes Todesurteil unterzeichnete.

Bisher ist es den zuständigen Behörden noch nicht gelungen, die Zeitabläufe genau zu rekonstruieren. Sicher ist nur, dass die Familie am Freitagnachmittag gegen 15.00 Uhr den Stralsunder Hafen auf ihrer Segeljacht verlassen hat. Fünf Tage später fanden dänische Fischer das Boot in der Nähe der kleinen Küstenstadt Nysted, wo es führerlos auf die dänische Küste zutrieb.

An Bord bot sich den Fischern ein Anblick, dem man seinem schlimmsten Feind kaum wünschen kann: Sie fanden nicht nur die Leiche des Familienvaters, Konstantin R., sondern auch die seiner siebenjährigen Tochter Lina. Die beiden Toten waren durch zahlreiche Schusswunden entstellt, die sich im Oberkörper und teilweise sogar im Gesicht befanden.

»Es war ein Blutbad«, sagte einer der Fischer. »So was habe ich noch nie gesehen. Und so was will ich auch nie wieder sehen!«

Nach Angaben der Behörden ist das Innere der Jacht von den Piraten vollständig durchsucht worden. Technische Geräte fehlen ebenso wie die persönlichen Wertgegenstände der Opfer.

Bisher unklar ist dagegen, was mit den beiden anderen Familienmitgliedern passiert ist, die ebenfalls mit an Bord der Segeljacht waren. Es handelt sich dabei um die Mutter, Melanie R. und Marco, den fünfzehnjährigen Sohn der Familie. Da von beiden Blutspuren an Bord gefunden wurden, geht die Küstenwache davon aus, dass sie möglicherweise ebenfalls von den Piraten getötet wurden, ihre Leichen aber aus irgendeinem Grund über Bord geworfen wurden. Doch auch eine Entführung ist nicht generell auszuschließen.

Sicher ist nach offiziellen Angaben bisher nur, dass die Familie von dem Überfall überrascht worden sein muss. Sie hatte anscheinend keine Möglichkeit mehr, einen Notruf abzusetzen.

Wir bleiben natürlich dran und informieren Sie, sobald es zu dem Fall Neuigkeiten gibt.

Suna stieß hörbar die Luft aus, als sie die Lektüre beendet hatte. »Ganz schön harter Stoff.«

»Meinst du, das ist der Fall, um den es geht?«, fragte Lucia nach.

Suna nickte. »Ich denke schon. Der Name der Jacht wird zwar nicht erwähnt, aber sieh mal hier.« Sie wies auf ein Foto unter dem Artikel, auf dem eine moderne blau-weiße Segeljacht abgebildet war. Deutlich war auf dem Rumpf der in zierlichen Buchstaben angebrachte Name des Bootes zu entziffern: *Tempus Fugit*.

»Tatsächlich!« Lucia pfiff leise durch die Zähne. »Das hatte ich gar nicht gesehen!« Sie schüttelte fassungslos den Kopf. »Das ist so schrecklich. Da bringen die Kerle vier Leute um, nur um ein paar Wertsachen zu rauben? Ich kann das einfach nicht verstehen.«

»Kein normaler Mensch kann das, denke ich«, erwiderte Suna ernst. »Erst recht nicht bei der Brutalität, mit der die Täter vorgegangen sind. Aber eine Sache geht mir dabei nicht aus dem Kopf. Die Leichen der Mutter und des Sohns hat man ja anscheinend nicht gefunden ...«

»Die von der Mutter schon«, unterbrach sie Lucia. Das steht nur in dem Bericht nicht drin, weil das erst ein paar Tage später war. Sie wurde genauso wie die Jacht an der dänischen Küste angetrieben und hat wohl auch mehrere Schusswunden gehabt. Berichten zufolge war es nicht ganz einfach, sie überhaupt zu identifizieren, so schlimm sah sie aus.«

Suna fuhr sich nachdenklich mit der Hand durch die Haare. Den Anblick der Wasserleiche wollte sie sich lieber gar nicht vorstellen.

»Hast du ein Foto von der Familie gefunden?«, erkundigte sie sich.

Lucia nickte. »Sogar mehrere.« Sie deutete auf den Monitor auf ihrem Schreibtisch. »Soll ich es ausdrucken?«

»Ja, bitte«, entgegnete Suna, und kurz darauf begann der Drucker zu rattern.

Suna nahm den fertigen Ausdruck aus dem Ausgabeschacht. Sie hatte gerade einen kurzen Blick darauf geworfen, als sich die Tür der Detektei öffnete und Adana hereingestürmt kam.

»Theo hat ihn verraten!«, platzte es aus ihr heraus. »Theo hat Spider verraten, und er hat eine Menge Kohle dafür gekriegt.« Ihr Augen funkelten vor Zorn. »So ein verfucktes Arschloch!«

Lucia ging zu ihr zu ergriff sanft ihren Arm.

»Jetzt setz dich erst mal hin, und dann erzählst du uns ganz in Ruhe, was passiert ist, okay?«

»Aber das habe ich doch gesagt!«, antwortete Adana aufgebracht, ließ es jedoch zu, dass Lucia sie zum Tisch führte und auf einen der Stühle drückte.

»So, jetzt noch mal von vorn«, sagte Suna in freundlichem, aber bestimmten Ton, als Adana ihr gegenübersaß.

Erst langsam und stockend, dann immer flüssiger erzählte Adana, was im Abrisshaus passiert war. »Er hat dem Kerl tatsächlich Spiders Lieblingsverstecke verraten!«, schloss sie empört.

»Aber wir sind heute Morgen doch alle Orte abgefahren, an denen Spider sein konnte«, wandte Suna ein. »Und wir haben ihn nicht gefunden. Also wird dieser Typ ihn wahrscheinlich auch nicht finden.«

»Na ja, das schon«, gab Adana zurück. Sie wirkte sehr unglücklich. »Die Sache ist nur die: Theo kennt Spider schon ein bisschen länger als ich. Und er wusste von ein paar Orten, von denen ich bisher noch gar nicht gehört hatte.«

»Dann mache ich mich gleich mal auf den Weg und sehe mir die Plätze an, an denen wir noch nicht waren.« Suna griff nach ihrer Jacke. »Seid so lieb und schickt mir die genauen Adressen aufs Handy, ja?«

Adana sprang auf. »Ich komme mit!«

Suna sah sie einen Moment lang an, dann schüttelte sie den Kopf. »Diesmal nicht.«

Sie zog ihre Jacke an und wandte sich zum Gehen, entschied sich dann jedoch noch einmal anders.

»Bevor ich Spider suche, solltest du schnell noch einen Blick hierauf werfen.« Sie hielt Adana das ausgedruckte Foto der Familie Reisenbacher hin. »Der Junge auf der rechten Seite, ist das Spider?«

Adana sah sich das Bild aufmerksam an. »Woher haben Sie das?«, fragte sie verwundert, als sie wieder aufblickte.

Suna ignorierte die Frage des Mädchens. »Adana, ist das Spider?«

»Ja«, entgegnete Adana verwirrt. »Ja, das ist er. Auf dem Bild hat er zwar die Narbe noch nicht, und die Haare sind auch ein Stück kürzer, aber ich bin mir ganz sicher, dass er es ist. Trotzdem verstehe ich das nicht. Warum haben Sie ein Foto von ihm?«

Suna lächelte nachsichtig.

»Das ist eine lange Geschichte. Lucia kann dir alles erklären, wenn ich weg bin. Sobald ich zurückkomme, können wir alles besprechen. Und dann ist es endgültig Zeit, die Polizei einzuschalten.«

*

»Das war nichts«, murmelte Suna enttäuscht. »Also auf zum nächsten Platz.«

Zwei der fünf Stellen, die Adana ihr in der Detektei aufgezählt hatte, hatte sie jetzt schon abgeklappert. Blieben also noch drei.

Im Stillen ärgerte sie sich darüber, dass Adana sie nicht gleich vom Abrisshaus aus angerufen und ihr von den Neuigkeiten erzählt hatte. Aber in der Aufregung hatte das Mädchen einfach vergessen, dass ihr Suna am Abend zuvor das alte Handy gegeben hatte. Dadurch hatte sie leider wertvolle Zeit verloren.

Aber wahrscheinlich kam es darauf ohnehin nicht mehr an. Nach Theos Bericht musste der Mann, der ihn befragt hatte – er hatte ihn als einen großen, kahlköpfigen Typ mit einem tätowierten Spinnennetz hinter dem Ohr beschrieben – mindestens eineinhalb bis zwei Stunden Vorsprung haben.

Suna fragte sich, warum er auf der Suche nach Spider war. Sie war sich sicher, dass es mit dem Überfall auf die *Tempus Fugit* zu tun hatte, aber welche Rolle hatte Spider – oder besser gesagt: Marco Reisenbacher – dabei gespielt?

Eigentlich gab es nur zwei grundsätzliche Möglichkeiten, überlegte Suna, während sie ihren Wagen aus der Innenstadt hinaus und in Richtung eines Gewerbegebiets steuerte. Entweder war er selbst Opfer des Überfalls gewesen und hatte es irgendwie geschafft, den Piraten zu entkommen. In diesem Fall wäre er ein gefährlicher Zeuge für die Täter, der nach Möglichkeit beseitigt werden musste.

Oder, und diese Vorstellung gefiel ihr wesentlich weniger, er war selbst auf irgendeine Weise an dem Überfall beteiligt gewesen.

Als sie das Gewerbegebiet erreicht hatte, konzentrierte sie sich ganz auf die Umgebung. Hier musste es irgendwo sein. Eine exakte Adresse hatte sie zwar nicht, aber Theos Beschreibung, die Adana an sie weitergegeben hatte, war ziemlich genau: ein altes, nicht mehr genutztes und in einem schmutzigen Blau gestrichenes Lagerhaus am Ende der Straße.

Als Suna das Gebäude erreicht hatte, stellte sie ihr Auto in der Einfahrt ab. Das Lagerhaus schien schon ziemlich lange nicht mehr in Betrieb zu sein. Auf dem Platz davor wucherte das Unkraut aus Rissen im Asphalt, die Ladetore für die LKWs waren von Rost überzogen und an der Fassade bröckelte der Putz wegen der Feuchtigkeit ab, die ins Mauerwerk eingedrungen war.

Suna stieg aus und sah sich aufmerksam um. Außer ihr war kein Mensch weit und breit zu sehen, und das nächste abgestellte Auto befand sich mehr als hundert Meter von ihr entfernt.

»Also los«, sagte sie sich.

Das breite Gittertor, mit dem die Zufahrt zum Lagerhaus versperrt war, hatte der Eigentümer zwar mit einer schweren Eisenkette gesichert, aber das war für Suna kein Problem. Geschickt kletterte sie über das Tor und sprang auf der anderen Seite auf den Boden.

Mit einem unangenehmen Gefühl in der Magengegend lief sie auf das Lagerhaus zu. An einer Ecke, ein Stück von der LKW-Ladezone entfernt, befand sich eine Tür, zu der ein paar brüchige Betonstufen hinaufführten.

Die Tür sah ebenso heruntergekommen aus wie der Rest des Lagerhauses. Ein langer Riss zog sich diagonal durch das schwere Holz, und an mehreren Stellen blätterte die Farbe ab. Was Suna jedoch am meisten beunruhigte, waren die Kratzer im Holz. Die Tür war eindeutig aufgehebelt worden, und den Spuren nach zu urteilen konnte das noch nicht lange her sein.

Während Suna die Stufen hinaufstieg, zog sie vorsichtshalber ihr Pfefferspray aus der Jackentasche. Vorsichtig und so leise wie möglich stieß sie die Tür auf. Sie wartete einen Moment, bis sich ihre Augen an das dämmrige Licht im Inneren des Lagerhauses gewöhnt hatten, dann ging sie hinein.

Ihre Nerven waren zum Zerreißen gespannt. Angestrengt lauschte sie auch auf das kleinste Geräusch, während sie langsam einen Schritt nach dem anderen machte.

Doch alles blieb ruhig.

In einer Ecke des Lagerhauses standen ein paar ausrangierte Baumaschinen. Der Rest war leer, allerdings war der Boden ziemlich zugemüllt, wie sie feststellte. Ein ekelerregender Geruch nach Moder und Schimmel lag in der Luft.

Schritt für Schritt bewegte Suna sich vorwärts, wobei sie ständig die Umgebung mit den Augen absuchte. Das Lagerhaus war zwar nicht mehr in Betrieb, ungenutzt war es deshalb aber noch lange nicht. Überall zeigten sich Spuren davon, dass jemand das alte Gebäude als Unterschlupf genutzt hatte – und das sicher mehr als einmal.

Aber Spider konnte das wohl kaum gewesen sein. Bis auf die letzten Nächte hatte er ja zusammen mit Adana und den anderen im Abrisshaus gewohnt. Also musste der Bewohner hier wohl dieser Faxe sein, von dem Theo berichtet hatte.

Doch wo war Faxe jetzt? Hatte er vielleicht die Flucht ergriffen, als er Suna gehört hatte?

Plötzlich entdeckte Suna in einem Winkel des Lagerhauses eine Art Nachtlager. Und davor lag etwas, das wie eine menschliche Gestalt aussah.

Sie holte einmal tief Luft, dann trat sie näher heran.

Der Anblick war grauenerregend.

Es war tatsächlich ein junger Mann, der in einer unnatürlichen Körperhaltung auf dem Boden lag. Er hatte eine massige Statur und konnte kaum älter als neunzehn oder zwanzig sein. Sein linker Hemdärmel war hochgeschoben, und um den Oberarm war ein Gurt geschlungen und fest angezogen. In der Armbeuge steckte eine Spritze.

Die fahle Gesichtsfarbe und der leere Blick aus weit aufgerissenen Augen sagten Suna, dass für ihn jede Hilfe zu spät kam.

»Verdammt«, fluchte sie. Mit schnellen Schritten lief sie zurück zur Tür, durch die sie reingekommen war.

Noch während des Gehens zog sie ihr Handy aus der Jackentasche, um die Polizei zu rufen.

Sie war sich nicht sicher, was sie von ihrer Entdeckung halten sollte, aber es gab nur zwei Möglichkeiten: Entweder war Spider in größter Gefahr, oder er hinterließ selbst eine Spur aus Leichen.

*

Suna musterte den Mann, der auf sie zukam, eingehend.

Er war ziemlich jung, sicher noch keine dreißig, trug Jeans und eine Lederjacke. Seine blonden Haare waren modisch kurz geschnitten, seine Gesichtszüge wirkten offen und sympathisch. Während er auf sie zukam, streifte er sich die Latexhandschuhe ab und hielt ihr zur Begrüßung die Hand hin.

»Kommissar Steffens, Kripo Lübeck«, stellte er sich vor. »Sie sind Frau Lürssen?«

»Genau.« Suna schüttelte ihm die Hand.

Sie hatte etwas abseits des Lagerhauses gewartet, während der Kommissar den Fundort des Toten im Inneren inspiziert hatte. Am Telefon hatte sie explizit den Beamten verlangt, der für den Fall Jussi Mancini zuständig war.

»Verraten Sie mir jetzt, warum ausgerechnet ich hierher kommen sollte?« Steffens lächelte leicht amüsiert. Es war deutlich, dass er Suna nicht besonders ernst nahm.

Das Grinsen wird dir gleich noch vergehen, dachte Suna insgeheim.

Laut antwortete sie: »Weil ich denke, dass der Tote hier im Lagerhaus eventuell mit dem angeblichen Unfall von Jussi Mancini zu tun haben könnte.«

Steffens verengte misstrauisch die Augen. »Mit dem angeblichen Unfall?«, fragte er, wobei er das Wort angeblich besonders betonte. »Wie meinen Sie das?«

»Das ist eine ziemlich komplizierte Geschichte«, gab Suna zurück. »Ich versuche, sie mal möglichst knapp zusammenzufassen. Wie ich schon am Telefon erwähnt habe, bin ich Privatdetektivin. Meine aktuelle Klientin ist Henrike Brandt.«

Steffens zog die Augenbrauen hoch. »Die Frau, die Frau Mancini nach dem Unfall gefunden hat.«

Suna nickte. »Genau. Sie hat mir berichtet, dass Frau Mancini anfangs noch bei Bewusstsein war und versucht hat, ihr etwas zu sagen. Sie hat nicht alles verstanden, war sich aber ganz sicher, dass sie die Worte *tempus fugit* gesagt hat.«

»Das hat sie mir gegenüber allerdings nicht erwähnt«, bemerkte Steffens kühl.

»Ich weiß.« Suna lächelte entschuldigend. »Frau Brandt hatte einfach die Befürchtung, dass sie niemand ernst nehmen würde. Das war nämlich noch nicht alles. Drei Tage zuvor hat sich Frau Brandts Bruder schwer bei einem Treppensturz verletzt und liegt seitdem im Koma. Aber bevor er ins Koma gefallen ist, hat er auch die Worte *tempus fugit* erwähnt.«

Steffens musterte sie skeptisch. »Ist das Ihr Ernst?«

»Ich weiß, das klingt alles ziemlich merkwürdig«, gab Suna zu, »aber die Geschichte geht ja noch weiter. Wir haben relativ schnell herausgefunden, dass Jussi Mancini und Frau Brandts Bruder sich kannten. Leon Brandt ist freiberuflicher Journalist und hat mal einen Artikel über die Arbeit von Frau Mancini geschrieben. Na ja, langer Rede kurzer Sinn: Wir haben schließlich herausgefunden, was mit *tempus fugit* gemeint ist. Es ist der Name der Jacht, auf der die Familie Reisenbacher ermordet wurde. Der Fall sagt Ihnen sicher etwas.«

Steffens Gesichtsausdruck hatte sich deutlich verändert: Die anfängliche Skepsis war unverhohlener Verwunderung gewichen.

»Und ob«, gab er erstaunt zurück.

»Das ist aber immer noch nicht alles.« Suna holte tief Luft. Es war schwieriger als gedacht, alles zu erzählen, was sie bisher herausgefunden hatten. Vor allem, wenn es einigermaßen glaubwürdig klingen sollte. »Als Jussis Tod bekannt geworden ist, ist gleichzeitig eines des Straßenkids verschwunden, die Jussi betreut hat. Ein Junge, der Spider genannt wird.«

»Verschwunden?«, hakte Steffens nach. »Was meinen Sie mit verschwunden?«

»Er ist untergetaucht, war einfach nicht mehr auffindbar. Und eine Freundin von ihm hat mir berichtet, dass er extrem große Angst gehabt haben soll, als er von Jussis angeblichem Unfall erfahren hat. Seitdem haben wir ihn gesucht, hatten aber leider noch keinen Erfolg.«

»Sie denken, er könnte mit dem Unfall von Frau Mancini zu tun haben?«, erkundigte sich Steffens vorsichtig.

Suna nickte ernst. »Da bin ich ziemlich sicher. Diese Freundin von ihm hat ihn nämlich auf einem Foto identifiziert. Und demnach ist er Marco Reisenbacher, der Junge, dessen Leiche man nie gefunden hat.«

Steffens war sprachlos. Er sah Suna nur ungläubig an.

»Ich nehme an, dass er sich nach dem Mord an seiner Familie zwar irgendwie ans Ufer retten konnte, aber völlig traumatisiert war und auf der Straße gelandet ist. Später hat er sich eventuell Jussi Mancini anvertraut, oder sie hat auf einem anderen Weg irgendetwas mitbekommen. Vielleicht hat er von dem Überfall auf die *Tempus Fugit* erzählt, als er high war. Jussi war es bestimmt auch, die sich an Leon Brandt gewandt hat, damit er der Sache auf den Grund geht. Wahrscheinlich hat sie ihm in dieser Hinsicht wesentlich mehr zugetraut als sich selbst.«

»Und warum hat sie nicht die Polizei eingeschaltet?«, fragte Steffens scharf.

Suna zuckte die Achseln. »Darüber kann ich auch nur spekulieren. Vielleicht ging es einfach nur darum, das Vertrauensverhältnis zu den Kids nicht zu zerstören. Wenn sie hinter dem Rücken von einem von ihnen zur Polizei geht, ist sie bei allen unten durch, das wissen Sie ja sicherlich.«

Steffens sah sie forschend an. »Das klingt fast so, als hätten Sie da Erfahrung. Waren Sie auch mal bei der Polizei?«

Suna lächelte wissend, beantwortete seine Frage aber nicht.

»Möglicherweise wollte Jussi aber einfach nur sichergehen, dass Spider sich nichts zusammenfantasiert, bevor sie sich an die Polizei wendet«, fuhr sie fort. »Und Leon Brandt wollte sicher erst seine Story fertig haben, ehe er die Polizei einschaltet. Die wäre vermutlich das Spektakulärste geworden, was er jemals geschrieben hat.«

»Wenn das Ganze tatsächlich stimmt, wäre das eine Sensation«, meinte Steffens. Ihm war deutlich anzumerken, dass er immer noch an Sunas Geschichte zweifelte. »Aber können Sie mir jetzt noch verraten, was unser Toter da drin mit dem Mord an den Reisenbachers zu tun haben soll? Für mich sieht das erst mal nach einer ganz normalen Überdosis aus.«

»Vielleicht ist es das auch«, stimmte Suna zu. »Allerdings hat mir die Freundin, die Spider als Marco identifiziert hat, vorhin berichtet, dass ein Mann in dem Abrisshaus war und sich nach Spider erkundigt hat. Er hat einem der Jugendlichen ziemlich viel Geld bezahlt, damit der ihm Spiders mögliche Verstecke nennt. Und eines dieser Verstecke ist eben dieses Lagerhaus hier.« Sie wies mit einem Kopfnicken in Richtung des heruntergekommenen Gebäudes. »Meiner Meinung nach müsste es schon ein ziemlich großer Zufall sein, wenn Ihr Toter nichts mit dem Ganzen zu tun hat.«

Steffens wandte sich zu dem Lagerhaus um und betrachtete es, während er sich offensichtlich die ganze Geschichte noch einmal durch den Kopf gehen ließ.

»Wissen Sie«, meinte er schließlich, »das alles klingt viel zu verrückt, als dass Sie es mal eben erfunden haben könnten. Deshalb glaube ich Ihnen und werde dem Ganzen mal nachgehen. Als Allerersten gebe ich eine Fahndung nach diesem Spider heraus. Haben Sie ein Foto von ihm?«

»Es gibt Bilder von den Reisenbachers im Internet«, berichtete Suna bereitwillig. »Spider alias Marco hat jetzt etwas längere Haare und eine große Narbe auf der rechten Wange. Ansonsten sollte er aber noch gut zu erkennen sein.«

»In Ordnung.« Steffens zog sein Handy aus der Tasche, um die Fahndung zu veranlassen. Bevor er die Nummer wählte, hielt er allerdings noch einmal kurz inne und wandte sich an Suna.

»Ach so, eins noch. Sie und ihre Klientin halten sich bitte ab sofort aus dem Fall raus. Das ist jetzt ganz allein Sache der Polizei, okay? Für meinen Geschmack sind nämlich schon viel zu viele Leute zu Schaden gekommen. Ich brauche heute oder in den nächsten Tagen ganz bestimmt nicht noch eine Leiche.«

*

»Ich werde noch wahnsinnig, wenn das so weitergeht«, sagte Henrike matt. Von Tag zu Tag schien alles schwieriger zu werden, aussichtsloser.

Irgendwie düsterer.

»Du musst das so sehen: Solange es Leon nicht schlechter geht, ist das ein gutes Zeichen«, gab ihre Freundin Silja zurück. »Du hast doch gesagt, dass er auf das, was du ihm erzählt hast, reagiert hat. Sein Gehirn arbeitet also. Und der Rest wird auch noch, da bin ich ganz sicher. Warte es ab, wenn ich euch das nächste Mal besuche, ist er bestimmt schon wieder ganz der Alte.«

»Das wäre zu schön, um wahr zu sein«, wisperte Henrike. »Aber irgendwie kann ich nicht mehr richtig dran glauben. Es ist alles so deprimierend.« Sie schluchzte leise auf. »Ich glaube, ich habe mich noch nie so allein gefühlt. Als das damals mit unseren Eltern passiert ist, hatte ich ja wenigstens noch Leon, aber jetzt? Es ist alles so sinnlos!«

»Soll ich zu dir kommen?«, fragte Silja zu Henrikes Erstaunen. »Wenn du das willst, setzte ich mich gleich morgen früh in den Flieger und komme mit dem Kleinen zu dir. Mir macht das nichts aus, und Mads wird das bestimmt auch verstehen.«

Für einen Augenblick schloss Henrike die Augen. Der Wunsch in ihr, das Angebot ihrer Freundin anzunehmen, wurde beinahe übermächtig. Doch sie wusste, dass es unverantwortlich gewesen wäre, sie oder ihren Sohn diesem Risiko auszusetzen.

»Das ist wahnsinnig lieb von dir«, sagte sie daher, »aber ich denke nicht, dass es eine gute Idee wäre, so gern ich dich und den Kleinen auch hier hätte. Solange ich nicht weiß, was wirklich hinter der ganzen Sache mit meinem Bruder und dieser Jussi steckt, darf ich da niemanden mit reinziehen.« Sie atmete einmal tief durch, bevor sie weitersprach. »Die Frau ist tot, und mein Bruder ist ziemlich nah dran. Wenn jetzt noch jemandem was zustößt, könnte ich mir das nicht verzeihen. Schon gar nicht, wenn es dich oder deinen Kleinen treffen würde.«

»Und was ist mit dir?«, fragte Silja vorsichtig. »Meinst du nicht, dass du auch in Gefahr sein könntest?«

»Ich?« Henrike lachte spöttisch auf. »Ich bin so ahnungslos wie eine frisch geschlüpfte Kaulquappe. Nee, ich wüsste wirklich nicht, warum mich jemand aus dem Weg räumen sollte. Ich meine, ich wühle seit Tagen in Leons Zettelwirtschaft mit seinen Notizen rum und kann mir immer noch nicht zusammenreimen, was passiert ist. Nicht mal ansatzweise. Es ist so blöd, dass wir Leons Computer nicht haben. Dann wären wir vielleicht schon wesentlich schlauer.«

»Und was ist mit seinem Diktiergerät?«, fragte Silja. »Da müsste doch auch was drauf zu finden sein.«

»Was meinst du?«

»Sein Diktiergerät«, wiederholte Silja. »Er hat mir irgendwann mal erzählt, dass er viel zu faul ist, um sich alle Informationen aufzuschreiben. Vor allem, wenn er unterwegs ist. Und dass er die wichtigen Sachen dann einfach auf Band spricht.«

»Stimmt.« Henrike war fassungslos. »Daran habe ich gar nicht mehr gedacht! Wie konnte ich nur so blöd sein?«

»Komm, jetzt mach dich nicht schlechter als du bist«, widersprach Silja. »Bei dem Stress, unter dem du stehst …«

Doch Henrike ließ sie gar nicht ausreden.

»Sei mir nicht böse, aber ich mache jetzt Schluss, ja?«, sagte sie hektisch. »Ich muss sofort die Privatdetektivin anrufen, um ihr von dem Diktiergerät zu erzählen. Und danach mache ich mich gleich auf den Weg in Leons Wohnung. Wenn ich das Teil da finde, kommen wir vielleicht endlich weiter.«

Sie beendete das Gespräch, noch bevor Silja sich verabschieden konnte, und wählte sofort im Anschluss Sunas Nummer.

»Frau Brandt«, meldete sich die Privatdetektivin. Es klang so, als würde sie aus dem Auto telefonieren. »Gut, dass Sie anrufen. Ich habe auch gerade versucht, Sie zu erreichen, aber es war immer besetzt.«

»Ich habe mit einer Freundin gesprochen«, sagte Henrike entschuldigend. »Was gibt es denn?«

»Ich wollte Ihnen mitteilen, dass ich inzwischen doch die Polizei einschalten musste«, entgegnete Suna in sachlichem Ton.

Wider Erwarten verspürte Henrike eine gewisse Erleichterung. Vielleicht hätte sie das schon viel früher machen sollen, gestand sie sich insgeheim ein. Allerdings verstand sie nicht, warum Suna diese Entscheidung ausgerechnet jetzt getroffen hatte – noch dazu, ohne es vorher mit ihr abzusprechen.

»In den letzten Stunden hat sich ziemlich viel bewegt in dem Fall«, antwortete Suna, als sie danach fragte. In knappen Worten schilderte sie, wer Spider wirklich war und was sich auf der *Tempus Fugit* zugetragen hatte. Auch den Fund der Leiche verschwieg sie nicht.

»Das war der Zeitpunkt, an dem ich die Polizei auf jeden Fall über alles informieren musste«, erklärte sie. »Sonst wäre ich auch ganz schön in Erklärungsnot gekommen, warum ich in das Lagerhaus eingestiegen bin. Das ist immerhin Privatgelände.«

»Kriegen Sie Ärger deswegen?«, erkundigte sich Henrike vorsichtig.

»Nicht der Rede wert«, gab Suna unbeeindruckt zurück. »Viel mehr Sorgen mache ich mir wegen Spider. Natürlich fahndet die Polizei jetzt nach ihm, aber wenn der Kerl mit dem Spinnennetz-Tattoo ihn vorher findet, könnte das übel für ihn ausgehen.«

Henrike schluckte. »Glauben Sie, dass der Mann mit dem Tattoo diesen Faxe umgebracht hat?«, fragte sie mit heiserer Stimme.

»Das wäre eine Möglichkeit«, gab Suna zurück. »Kann schon sein, dass er ihn unter Druck gesetzt hat, damit er ihm verrät, wo Spider ist. Es ist natürlich auch möglich, dass Faxe sich einfach selbst den goldenen Schuss verpasst hat – absichtlich oder aus Versehen. Und die dritte Möglichkeit wäre« – sie senkte die Stimme – »dass Spider Faxe umgebracht hat, eben damit der ihn nicht verrät.«

Henrike öffnete den Mund, um etwas zu sagen, brachte aber keinen Ton heraus. Die Vorstellung, dass der Junge irgendwie in den Mord an seiner Familie involviert sein könnte und jetzt auf der Flucht war, erschien ihr vollkommen absurd.

»Tja, wir sind zwar ein gutes Stück weitergekommen«, unterbrach Suna ihren Gedankengang, »aber gelöst ist der Fall deswegen noch lange nicht. Ich habe immer noch nicht herausbekommen, was Jussi und Ihr Bruder herausgefunden haben. Und erst wenn wir das wissen, kennen wir auch den Täter.«

»Vielleicht kann ich da ja weiterhelfen«, warf Henrike ein.

Aufgeregt erzählte sie Suna von dem Gespräch mit ihrer Freundin, die sie an Leons Diktiergerät erinnert hatte.

»Ich ärgere mich wirklich, dass ich nicht selbst darauf gekommen bin«, sagte sie schließlich. »Ich wusste ja von dem Diktiergerät, aber ich habe einfach nicht mehr dran gedacht. Wenn es irgendwelche Beweise gibt, dann finden wir sie auf dem Band, da bin ich ziemlich sicher.«

»Wissen Sie, wo Ihr Bruder das Gerät aufbewahrt?«, fragte Suna.

Henrike zuckte die Achseln. »Ich denke, es muss irgendwo in seiner Wohnung sein, wahrscheinlich in der Nähe des Schreibtischs. Vielleicht steckt es aber auch in einem Rucksack oder in einer Jackentasche. Ich fahre gleich mal in seine Wohnung und sehe nach.«

»Nein«, widersprach Suna energisch. »Das machen Sie nicht. Ich bin sowieso gerade unterwegs. Ich komme in etwa zwanzig Minuten bei Ihnen vorbei und hole den Schlüssel zu Leons Wohnung. Und Sie setzen bitte vorerst keinen Schritt vor die Tür.«

*

Nachdem Suna von Henrike Leons Wohnungsschlüssel abgeholt hatte, machte sie sich gerade auf den Weg zu seiner Wohnung, als ihr Handy klingelte. Ein kurzer Blick auf das Display zeigte ihr, dass der Anruf von Rebecca kam.

»Alles in Ordnung mit dir?«, erkundigte sich ihre ehemalige Schwägerin besorgt. »Du klingst, als bräuchtest du dringend Schlaf, und zwar mindestens drei Tage am Stück.«

»Mindestens eine Woche«, korrigierte Suna matt. »Und selbst das wäre wahrscheinlich nur ein Tropfen auf den heißen Stein. Ich hatte einen ziemlich anstrengenden Tag heute, inklusive Leichenfund.« In knappen Worten schilderte sie Rebecca, was passiert war.

Rebecca pfiff leise durch die Zähne. »Na, du lässt es aber auch nicht langweilig werden. Manchmal überraschst du selbst mich noch mit deinem Hang zu extremen Einsätzen.« Sie kicherte leise. »Na ja, dann rufe ich ja gerade zum richtigen Zeitpunkt an. Du hattest mich doch wegen des Überfalls auf diese Jacht der Familie Reisenbacher gefragt.«

Unwillkürlich richtete sich Suna etwas in ihrem Sitz auf. »Und? Hast du was rausfinden können?«

»Also, an die Ermittlungsakten bin ich noch nicht rangekommen, aber da kümmert sich der Freund von einem Bekannten meines Kollegen drum.«

Suna grinste still. Das war wieder typisch Rebecca. Irgendwie schaffte sie es immer, die Leute dazu zu bringen, genau das zu tun, was sie wollte. Und falls das mal nicht auf Anhieb klappte, setzte sie eben ihre zahlreich vorhandenen weiblichen Reize ein.

»Sobald ich die Unterlagen kriege, gebe ich sie dir natürlich«, fuhr Rebecca fort. »Aber ich hab auch ohne die Akten einiges über den Fall in Erfahrung bringen können. Und das ist ziemlich interessant.«

»Nämlich?«, hakte Suna ungeduldig nach.

»In erster Linie geht es um das Motiv«, erklärte Rebecca. »In den Medien hieß es zwar immer, dass die Piraten es auf die Wertsachen an Bord abgesehen hatten und die Familie nur umgebracht haben, weil sie eben im Weg war.

Aber die zuständigen Ermittler waren sich da nicht so sicher. Sie waren eher der Meinung, dass es um ein persönliches Motiv ging. Dass jemand die Reisenbachers gezielt töten wollte und der Raub nur inszeniert war.«

»Ein Ablenkungsmanöver?«, überlegte Suna. »Gut möglich. Ich habe mich auch schon gefragt, was es auf der Jacht so Wertvolles zu holen gegeben haben soll, dass es ein derart brutales Vorgehen rechtfertigt.«

»Es gab wohl einige Gerüchte darüber, dass es in der Firma von Konstantin Reisenbacher vor dessen Tod Spannungen gab«, fuhr Rebecca in ihrem Bericht fort. »Angeblich soll sein Geschäftspartner, ein gewisser Maximilian Voss, neben den offiziellen Geschäften noch ein paar unter der Hand gemacht haben.«

Suna kniff die Augen zusammen.

Wenn das tatsächlich der Fall gewesen war, überlegte sie, wenn der gesamte Überfall auf die *Tempus Fugit* nichts weiter als eine Nebelkerze gewesen war, um den Mord an Konstantin Reisenbacher zu verschleiern, bedeutete das gleichzeitig, dass Spider selbst Opfer gewesen war. Er musste den Mord an seiner Familie mit angesehen und überlebt haben.

Dann hatte er sich eine Weile auf der Straße durchgeschlagen, bis die Typen ihn irgendwie in Lübeck aufgespürt hatten – und wahrscheinlich machten sie immer noch Jagd auf ihn.

Und das hieß nichts anderes, als dass er gerade in allerhöchster Gefahr schwebte.

Sofort gab Suna Gas. Je früher sie das Diktiergerät von Leon Brandt fand und abhörte, umso eher konnte sie Spider vielleicht helfen.

*

Nur wenige Minuten später erreichte Suna das Haus, in dem Leon Brandts Wohnung lag. Die Dämmerung brach gerade herein, als sie ihren Wagen am Straßenrand abstellte, ausstieg und auf das Haus zuging.

Es war ein schöner, gepflegter Altbau mit gelb gestrichener Fassade und weiß abgesetzten Zierelementen. Bei diesem Anblick kam ein leichter Anflug von Neid in Suna auf. Genau so könnte das Haus, in dem ihre Detektei lag, auch aussehen, dachte sie. Wenn sich der Eigentümer nur ein bisschen mehr darum kümmern würde.

Suna sah sich um. Die Straße war menschenleer. Nur eine ältere Dame in einem langen grauen Mantel war in einiger Entfernung unterwegs. Sie führte einen kleinen Hund an der Leine spazieren.

Während Suna die Haustür aufschloss und die Treppe hochstieg, dachte sie noch einmal über das nach, was Rebecca ihr gerade erzählt hatte. Wenn Spider tatsächlich den Mord an seiner Familie hatte mitansehen müssen, musste das für ihn der reine Horror gewesen sein.

Irgendwie musste er es geschafft haben, von der Jacht zu entkommen, bevor die Angreifer ihn auch erwischen konnten. Aber wie? War er über Bord gesprungen und geschwommen? Unmöglich war das nicht. Je nachdem, wo das Boot der Reisenbachers überfallen worden war, war es vielleicht gar nicht so weit bis zur Küste gewesen.

Unwillkürlich dachte Suna an die Narbe in Spiders Gesicht. Wahrscheinlich war sie auch auf dem Boot entstanden, entweder durch die Angreifer oder bei Spiders Fluchtversuch. Das erklärte auch, warum Blutspuren von ihm an Bord gefunden worden waren.

Aber etwas anderes war immer noch völlig unklar: Warum war er nicht sofort zur Polizei gegangen und hatte alles erzählt, nachdem er an Land geschwommen war? Hatten die Ereignisse ihn dermaßen traumatisiert, dass er nicht mehr dazu in der Lage gewesen war? Oder gab es noch einen ganz anderen Grund für sein merkwürdiges Verhalten?

Suna zuckte die Achseln. Möglicherweise würde sie ja ein paar Antworten auf ihre Fragen bekommen, sobald sie Leon Brandts Diktiergerät gefunden hatte.

Die alte Holztreppe knarrte laut unter ihren Schritten, während Suna die letzten Stufen zu Leons Wohnung erklomm. Nach den Anstrengungen des Tages war sie ein wenig ins Schwitzen geraten.

»Wird Zeit, dass ich mal wieder mein Laufprogramm durchziehe«, murmelte sie.

Noch auf den letzten beiden Stufen holte sie den Schlüsselbund, den ihr Henrike gegeben hatte, aus der Tasche und suchte nach dem richtigen Schlüssel für die Wohnungstür. Doch als ihr Blick auf das Schloss fiel, erstarrte sie.

Tiefe, frische Kratzer zogen sich über das Schloss. Jemand musste versucht haben, es aufzubrechen. Aber offensichtlich hatte der Einbrecher damit keinen Erfolg gehabt. Dafür hatte er danach eine brachialere Methode angewendet und die Tür einfach seitlich aufgehebelt. Ein wenige Millimeter breiter Spalt zwischen Türrahmen und Tür zeigte, dass der Einbrecher damit sein Ziel erreicht hatte.

Das darf nicht wahr sein, ging es Suna durch den Kopf. *Erst der verschwundene Laptop, und jetzt das!*

Inzwischen zweifelte sie nicht mehr daran, dass Leon seinen Computer nicht selbst irgendwo deponiert hatte, sondern dass er gestohlen worden war. Sie hoffte nur, dass der Dieb es jetzt nicht auch noch auf das Diktiergerät abgesehen hatte.

Suna griff nach ihrem Handy und der Visitenkarte von Kommissar Steffens, die nach ihrer Begegnung am alten Lagerhaus noch in ihrer Jackentasche steckte. Steffens meldete sich direkt nach dem ersten Klingelton.

Knapp und sachlich berichtete ihm Suna von ihrer Entdeckung.

»Sie warten jetzt, bis ich da bin«, wies er sie im Befehlston an. »Und Sie gehen auf keinen Fall in die Wohnung, ist das klar?«

Suna wollte augenblicklich widersprechen. Sie hasste es, bevormundet zu werden. Allerdings wusste sie nur zu gut, dass Steffens recht hatte mit seiner Vorsichtsmaßnahme. Die Kerle hatten mehr als einmal gezeigt, dass mit ihnen nicht zu spaßen war. Widerwillig gab Suna ihm ihr Wort.

Allerdings hatte sie ihm nicht versprochen, nicht von außen einen Blick in die Wohnung zu werfen, dachte sie trotzig.

Vorsichtig stieß sie mit dem Ellenbogen die Tür auf und sah ins Innere der Wohnung. Sie erkannte einen kleinen Flur, von dem vier Türen abgingen. Die auf der rechten Seite musste ins Bad führen, die linke in die Küche, rief sich Suna Henrikes Beschreibung ins Gedächtnis. Die beiden hinteren führten ins Wohn- und ins Schlafzimmer. Dort würde das Diktiergerät am wahrscheinlichsten zu finden sein.

Plötzlich ging alles blitzschnell.

Eine massige, ganz in Schwarz gekleidete Gestalt stürzte sich auf sie. Die Hände steckten in ebenfalls schwarzen

Lederhandschuhen und das Gesicht wurde von einer Sturmhaube verdeckt, die nur die Augen freiließ.

Wie gelähmt vor Schreck starrte Suna auf den Mann, der aus Leons Wohnung gestürmt kam. Sie rechnete damit, dass er sie umstoßen würde, um zu fliehen, und machte sich auf einen heftigen Aufprall gefasst.

Doch stattdessen sprang er direkt auf sie zu und streckte die Arme nach ihr aus.

Instinktiv riss Suna ihre Hände nach oben, um den Angreifer abzuwehren. Mit aller Kraft versetzte sie ihm einen Stoß vor den Brustkorb, allerdings ohne Erfolg. Sie schaffte es nicht, den Mann aufzuhalten.

Große, schwere Hände legten sich um ihren Hals und begannen unbarmherzig zuzudrücken.

Verzweifelt griff Suna nach den Armen des Mannes, versuchte sie erst wegzuschieben und dann wegzuziehen, doch ihr Angreifer war viel zu kräftig. Selbst ihre Versuche, ihre Fingernägel in seine Handrücken zu krallen und ihn dadurch zum Aufhören zu bewegen, scheiterten am Leder seiner Handschuhe.

Während ihr Angreifer immer fester zudrückte, musterte er sie unverwandt aus kalten, eisblauen Augen. Der Anblick grub sich tief in Sunas Gedächtnis.

Ein Röcheln entrang sich ihrer Kehle, während die Welt um sie herum langsam zu verschwimmen begann. Der Boden schien sich unter ihren Füßen zu drehen und alle Geräusche wirkten plötzlich gedämpft, fast wie unter Wasser.

Auch die Geräusche unten im Haus drangen kaum in ihr Bewusstsein. Ein Schlüssel wurde im Schloss gedreht, dann knarrte die Haustür. Die kratzige Stimme einer alten Frau, die offensichtlich mit ihrem Hund sprach, ertönte.

Alarmiert riss Sunas Angreifer den Kopf hoch. Sein Griff lockerte sich für einen Augenblick, während er angestrengt nach unten horchte.

Instinktiv wusste Suna, dass dieser kurze Moment seiner Unaufmerksamkeit ihre letzte Chance war. Sie mobilisierte ihre gesamte Kraft, um sich aus der Umklammerung durch den Fremden herauszuwinden. Ihr Kinn streifte seinen Handschuh – und in dieser Sekunde fasste sie einen Entschluss. Sie öffnete den Mund und biss zu.

Ihr Angreifer brüllte auf.

Wahrscheinlich geschah es eher aus Wut als vor Schmerz, aber der Aufschrei reichte aus, um die Aufmerksamkeit der Frau unten im Treppenhaus zu erregen.

»Hallo?«, rief sie nach oben. Ihre Stimme klang verunsichert. »Hallo, ist da jemand?«

Der Mann zögerte. Hasserfüllt starrte er Suna an, die kaum noch in der Lage war, den Blick zu erwidern.

»Hallo?«, rief die Frau wieder, diesmal mit etwas festerer Stimme. »Wenn Sie nicht sagen, wer Sie sind und was Sie hier machen, rufe ich die Polizei!«

Sunas Angreifer kniff wütend die Augen zusammen. Dann riss er die Arme nach vorn und versetzte ihr einen kräftigen Stoß, bevor er sich zur Treppe umdrehte und mit langen Sätzen die Stufen herunterhastete.

Suna schaffte es nicht, den Stoß abzufangen. Sie verlor das Gleichgewicht und fiel rückwärts. Ungeschützt prallte ihr Kopf gegen die Wand.

Sie spürte einen stechenden Schmerz. Dann wurde es dunkel um sie.

*

Lucia ging in die kleine Küche der Detektei, goss sich einen duftenden Tee auf und setzte sich mit der dampfenden Tasse an ihren Schreibtisch. Nachdenklich sah sie auf den Zettel, auf dem sie sich den Tag über eifrig Notizen gemacht hatte.

Adana, die in letzter Zeit Dauergast in der Detektei war, hatte sich in das kleine Nebenzimmer zurückgezogen, in dem eine schon ziemlich betagte, aber wirklich bequeme Couch stand. Sie lag auf der Seite unter einer kuscheligen Decke und schlief friedlich. Die Schwangerschaft schien ihr Bedürfnis nach Schlaf mindestens verdoppelt zu haben.

Lucia konnte sie durch den Türspalt sehen. Sie lächelte liebevoll. Trotz aller Widrigkeiten war ihr das Mädchen richtig ans Herz gewachsen. Allerdings wusste sie, wie besorgt Adana wegen Spiders Verschwinden war. Daher hoffte sie sehr, dass sie ihn bald finden würden.

Sie blickte auf ihre Uhr. Es war noch nicht einmal zwanzig Minuten her, dass sie Yannick Brehmer eine Nachricht hinterlassen hatte, und eine halbe Stunde davor schon einmal. Wahrscheinlich käme es ziemlich unverschämt rüber, wenn sie schon wieder anrief.

»Aber eigentlich ist es auch egal«, sagte sie in trotzigem Ton. »Dann mache ich mich eben unbeliebt.«

Entschlossen griff sie zum Telefon und wählte eine Handynummer, die auf ihrem Zettel stand.

Sie wartete und zählte die Klingelzeichen. Als sie sich schon darauf einstellte, mal wieder eine Nachricht auf einer Mailbox zu hinterlassen, knackte es plötzlich in der Leitung.

»Ja?«, meldete sich eine verschlafen klingende Jungenstimme.

Irritiert sah Lucia noch einmal auf die Uhr. Es war noch nicht einmal acht. Kein Grund also, wegen ihres Anrufs ein schlechtes Gewissen zu haben.

»Yannick Brehmer?«, fragte Lucia vorsichtig.

»Ja, der bin ich wohl.« Die Antwort klang nicht mehr ganz so verschlafen. Eher amüsiert.

»Mein Name ist Lucia Gomez. Ich arbeite für eine Lübecker Detektei.«

»Ich weiß«, unterbrach sie Yannick. »Sie haben mir doch schon zwei Nachrichten hinterlassen. Ich hätte mich dann schon noch bei Ihnen gemeldet, aber Sie scheinen es ja mächtig eilig zu haben.«

»Das stimmt«, erwiderte Lucia ernst. »Es ist wirklich eilig. Und auch ziemlich heikel. Ich rufe nämlich wegen Marco Reisenbacher an. Ich nehme an, der Name sagt dir etwas?«

»Ja«, gab Yannick mit heiserer Stimme zurück. »Natürlich sagt der mir was. Wir waren mal richtig gute Freunde, Marco und ich. Bis das auf dem Boot passiert ist.«

Lucia lächelte. »Dann waren meine Informationen ja richtig.«

»Welche Informationen?«, wollte Yannick wissen. Er wirkte plötzlich misstrauisch.

»Ich habe im Internet nach Leuten gesucht, die Marco von früher kennen«, erklärte Lucia geduldig. »Dabei bin ich auf Facebook auf einen Nachruf seines Schwimmvereins gestoßen. Die Jugendtrainerin, Tina Schmidt, hat mir dann geraten, dass ich mich am besten an dich wenden soll. Äh, ist es okay, wenn ich dich duze?«

»Klar«, gab Yannick in wesentlich entspannterem Ton zurück. »Tina also. Na ja, ich denke, dann ist es wohl okay. Was wollen Sie wissen?«

»Kannst du mir ein bisschen über Marco erzählen?«

»Hm, wo soll ich da anfangen?«, überlegte Yannick. »Also, wir waren schon seit dem Kindergarten befreundet und haben uns oft zum Spielen getroffen. In der Grundschule waren wir zusammen in einer Klasse und sind dann auch auf dasselbe Gymnasium gewechselt. In der achten Klasse ist es dann mit unserer Freundschaft ein bisschen auseinandergegangen, weil Marco sitzengeblieben ist – äh, ich meine, weil er ein Jahr wiederholen musste.«

Lucia lachte leise. »Ich verstehe schon.«

»Ja, das war ziemlich blöd«, fuhr Marco fort. »Weil eigentlich war er echt intelligent, er hätte es locker schaffen können. Er hätte sogar super Noten haben können, wenn er sich ein bisschen angestrengt hätte. Aber in dieser Zeit hat er nur Unsinn im Kopf gehabt.«

»Unsinn?«, hakte Lucia interessiert nach. »Was für Unsinn?«

»Na ja, dummes Zeug halt. Er hat sich öfter mal aus der Bar seines Alten bedient. Einmal hat er ihm eine Whiskyflasche für mehr als zweihundert Euro geklaut und zu 'ner Party mitgebracht. Dann hat er sich den Porsche seiner Mutter ausgeliehen und in den Graben gesetzt. Drei oder vier Mal haben sie ihn wohl auch mit Hasch und einmal sogar mit Koks erwischt. Das gab dann richtig Ärger mit seinem Alten.«

»Das heißt, er war nicht besonders gut auf seine Familie zu sprechen?«, fragte Lucia nach.

»Na ja, geht so«, entgegnete Yannick. »Es gab schon oft Stress, aber ich glaube nicht, dass er sie jetzt gehasst hat oder so. Nur einmal, da war er echt angepisst. Da haben die Bullen ihn zum zweiten oder dritten Mal mit Hasch erwischt, und seine Eltern haben ihn stundenlang auf der Polizeiwache schmoren lassen. Mit Absicht. Damit er mal was merkt, haben sie gesagt. Aber der Familienanwalt hat ihn dann doch wieder rausgehauen. Mehr als ein paar Sozialstunden hat er nicht gekriegt.«

Lucia hob die Augenbrauen. Spider hatte also zu seiner Familie kein harmonisches Verhältnis gehabt, und nach seinen Eskapaden betrachtete er die Polizei wahrscheinlich als seinen natürlichen Feind. Das konnte erklären, warum er sich nicht an die Polizei gewandt hatte, nachdem er von der *Tempus Fugit* entkommen war.

Falls er nicht sogar selbst mit dem Anschlag auf seine Familie zu tun hatte.

Lucia verdrängte den letzten Gedanken. Sie wollte und konnte sich einfach nicht vorstellen, dass ein Fünfzehnjähriger zu so etwas Grausamem fähig sein könnte.

»Ich nehme an, du hast bei dem Unsinn nicht mitgemacht?«, nahm sie das Gespräch wieder auf.

Yannick lachte. »Nee, auf keinen Fall. Ich meine, mal einen trinken ist ja ganz okay, aber der andere Scheiß? No way, das war mir echt too much.«

»Gute Einstellung«, lobte Lucia, bemühte sich aber, dabei nicht zu gönnerhaft zu klingen.

»Sagen Sie mal, warum interessiert Sie das alles eigentlich?«, erkundigte sich Yannick. Das Misstrauen vom Anfang des Gesprächs flackerte wieder in seiner Stimme auf.

Lucia biss sich auf die Unterlippe. Sie wollte auf keinen Fall verraten, dass Marco noch am Leben war. Je weniger Leute momentan davon wussten, umso besser war es vermutlich.

»Wir versuchen nur, ein bisschen Licht ins Dunkel zu bringen«, sagte sie ausweichend. »Die Hintergründe, warum die Jacht damals überfallen worden ist, sind ja immer noch völlig unklar.«

Yannick war offensichtlich noch nicht überzeugt. »Und wer hat Sie beauftragt?«, wollte er wissen. »Bei dem Überfall ist doch damals die ganze Familie umgekommen.«

»Eine Verwandte«, antwortete Lucia vage. Sie dachte an Adana und ihr ungeborenes Kind. Falls Adana die Wahrheit gesagt hatte und Spider tatsächlich der Vater war, stimmte ihre Aussage sogar in gewisser Weise.

»Ach, klar«, meinte Yannick. »Sie haben ja gesagt, dass Sie für eine Lübecker Detektei arbeiten. Dann war es bestimmt Spiders Großtante. Die hat er ja früher in den Ferien immer besucht.«

»Besucht?«, fragte Lucia erstaunt. Von einer Großtante war bisher nie die Rede gewesen.

»Ja,«, gab Yannick zurück. Es klang verwundert. »Marcos Tante Gisela. Die wohnt doch in Lübeck.«

*

»Sollen wir Sie nicht doch lieber ins Krankenhaus mitnehmen?«

Der junge Rettungssanitäter musterte Suna besorgt durch seine runden Brillengläser.

»Nein, ich denke, ich komme schon klar«, gab Suna freundlich, aber bestimmt zurück. »Kümmern Sie sich lieber um Frau Glogowski.« Sie wies auf die Nachbarin von Leon Brandt, die auf einer Trage lag und vor Schmerzen wimmerte. Ein zweiter Sanitäter hielt ihre Hand und redete beruhigend auf die alte Dame ein, während er darauf wartete, dass die Schmerzmittel, die sie ihr gegeben hatten, ihre Wirkung entfalteten.

Neben der Trage stand der Nachbar aus dem Erdgeschoss, der den Krankenwagen gerufen hatte. Er hielt Frau Glogowskis Hund an der Leine und wirkte vollkommen hilflos.

»Und ich habe den Kerl noch ins Haus gelassen«, jammerte er. »Angeblich wollte er nur ein Paket nach oben zu Herrn Brandt bringen. Wenn ich geahnt hätte, was er im Schilde führt ...«

Er schüttelte fassungslos den Kopf.

Der Einbrecher hatte nicht nur Suna gewürgt und gegen die Wand gestoßen, sondern bei seiner Flucht auch Frau Glogowski einen heftigen Schlag versetzt, dem die alte Frau nichts entgegenzusetzen gehabt hatte. Während sie sich anscheinend das Bein gebrochen hatte, war der Kerl unerkannt entkommen.

Jetzt saß Suna auf der untersten Treppenstufe im Haus von Leon Brandt und hielt sich ein Kühlpack an die schmerzende Stelle am Hinterkopf, das der Sanitäter ihr gegeben hatte. Sie war sich allerdings momentan nicht ganz im Klaren darüber, was sie mehr schmerzte: die Stelle am Kopf, die Druckmale am Hals oder der Umstand, dass sie sich von diesem Kerl hatte überrumpeln lassen.

»Na gut.« Der Sanitäter war zwar überhaupt nicht einverstanden mit Sunas Entscheidung, schien allerdings zu merken, dass sie sich von ihm nicht würde umstimmen lassen. »Aber seien Sie in der nächsten Zeit ein bisschen vorsichtig. Und wenn Probleme auftreten, rufen Sie uns, und zwar sofort. In Ordnung?«

»Das schwöre ich Ihnen hoch und heilig«, gab Suna mit einem versöhnlichen Lächeln zurück. »Sobald mir übel oder schwindlig wird, bin ich schneller im Krankenhaus, als ich *Kopfschmerztablette* sagen kann.«

Sie wurden von Kommissar Steffens unterbrochen, der zusammen mit zwei uniformierten Kollegen das Haus betrat.

»So schnell wollte ich Sie eigentlich gar nicht wiedersehen«, begrüßte er Suna.

Diese verzog ihr Gesicht zu einem schmerzverzerrten Grinsen. »Ich Sie auch nicht, aber ich dachte, Sie haben vielleicht gerade nichts zu tun. Da wollte ich Sie ein bisschen beschäftigen.« Jedes Wort tat ihr im Hals weh, und ihre Stimme klang seltsam heiser.

»Ich hätte eigentlich genug mit meinem Feierabend zu tun, falls Ihnen die Bedeutung dieses Wortes bekannt vorkommt«, knurrte Steffens, schien aber eher besorgt zu sein als verärgert. »Sind Sie soweit okay?«

Suna nickte. »Es geht schon. Der Kerl hat mich zwar nicht gerade mit Samthandschuhen angefasst – vielmehr mit Lederhandschuhen – aber ich werde es überstehen.« Sie senkte die Stimme. »Ich hatte Glück, dass Frau Glogowski gerade von ihrem abendlichen Hundespaziergang zurückgekommen ist.« Sie wies mit einem leichten Kopfnicken auf die alte Frau, die gerade von den Sanitätern in den Krankenwagen verladen wurde. »Wenn sie nicht gewesen wäre ...« Suna atmete einmal tief durch und stieß dann hörbar die Luft aus. »Es tut mir nur leid, dass sie dabei ebenfalls was abbekommen hat.«

»Ich würde sagen, Sie hatten beide noch Glück im Unglück«, meinte Steffens. »Das hätte durchaus übler ausgehen können. Er sah sie tadelnd an. »Dabei hatten Sie mir doch versprochen, sich ab jetzt rauszuhalten.«

»Hallo?«, gab Suna empört zurück. »Es ist ja jetzt nicht so, dass ich mich hingestellt, mit den Armen gewedelt und geschrien habe: *Hier bin ich, ich suche die Mörder der Reisenbachers und ich bin schon ganz nah dran!* Ich wollte lediglich etwas aus der Wohnung von Leon Brandt holen. Hätte ich gewusst, dass schon das allein lebensgefährlich ist, hätte ich mir Verstärkung mitgenommen.«

»Schon gut, Sie haben ja recht«, sagte Steffens in beschwichtigendem Ton. Obwohl er sich sichtlich Mühe gab, konnte er nicht ganz verbergen, dass er sich über Sunas Auslassungen amüsierte. »Aber worum ging es eigentlich? Was wollten Sie aus der Wohnung holen?«

»Ein Diktiergerät.«

Mit knappen Worten berichtete Suna dem Kripo-Beamten, was sie von Henrike erfahren hatte. »Ich hoffe nur, dass der Kerl nicht genau deswegen auch hier war.«

Steffens musterte sie nachdenklich.

»Und Sie denken, da könnten die entscheidenden Beweise drauf sein, was auf der *Tempus Fugit* wirklich passiert ist?«, fragte er in ernstem Ton.

»Möglich wäre es schon.« Suna hielt seinem Blick stand. »Meinen Sie«, fragte sie nach kurzem Zögern, »wir könnten vielleicht mal hochgehen und nachsehen? Jetzt dürfte es ja ungefährlich sein.«

Steffens schien hin- und hergerissen. »Sie haben die ausdrückliche Erlaubnis von Frau Brandt, die Wohnung zu betreten?«, vergewisserte er sich.

»Sie hat mir genau aus diesem Grund den Schlüssel gegeben«, entgegnete Suna. »Also ja.«

»Gut.« Steffens nickte. »Dann denke ich, wir können uns mal in der Wohnung umsehen. Aber fassen Sie bloß nichts an!«

*

Aufgeregt wählte Lucia Sunas Handynummer. Sie wollte ihrer Chefin unbedingt sofort von ihrer Neuigkeit berichten. Doch als sich noch vor dem ersten Klingelton die Mailboxansage meldete, legte Lucia auf, ohne eine Nachricht zu hinterlassen. Suna würde sich garantiert sofort bei ihr melden, sobald sie ihr Handy wieder einschaltete und sah, dass Lucia angerufen hatte. Und die Zeit bis dahin konnte sie ja nutzen, um weiter zu recherchieren. Vielleicht fand sie noch ein bisschen mehr heraus.

Aber wo sollte sie anfangen?

Ihre einzigen Informationen waren, dass es eine Gisela gab, die in Lübeck wohnte und deren Großneffe Marco Reisenbacher hieß. Yannick Brehmer hatte ihr weder sagen können, wie Marcos Großtante mit Nachnamen hieß, noch wie ihre Adresse lautete. Nicht gerade ein guter Ausgangspunkt für eine Suche.

Sie entschied sich, mit der einfachsten Variante zu beginnen, und gab die Namen *Gisela* und *Reisenbacher* sowie den Begriff *Lübeck* in die Maske der Suchmaschine ein.

»Mist«, knurrte sie, als keine Treffer angezeigt wurden.

Entweder hieß Marcos Großtante anders oder es gab schlicht und einfach keine Informationen im Internet über sie.

»Also vielleicht ein anderer Nachname«, überlegte Lucia. Aber welcher?

Nach kurzem Nachdenken schnappte sie sich den Stapel mit den Unterlagen zu dem Fall. Sie würde einfach jeden Namen eingeben, den sie in den Notizen und Ausdrucken fand. Vielleicht war ein Zufallstreffer dabei.

Schon nach kurzem Blättern stieß sie auf die Todesanzeige der Reisenbachers, die damals in der Zeitung veröffentlicht worden war. Als sie die Namen der Eltern las, wurde sie vor Aufregung ganz kribbelig. Neben dem Namen von Spiders Vater, *Konstantin Reisenbacher*, war der seiner Mutter aufgeführt: *Melanie Reisenbacher, geb. Reinhardt*.

»Das ist es«, murmelte Lucia. »Das muss es sein!«

Sie schickte ein Stoßgebet Richtung Himmel, dass diese Tante Gisela Spiders Großtante mütterlicherseits gewesen war und nie geheiratet hatte.

Tatsächlich erhielt sie diesmal einen Treffer, im Online-Telefonbuch von Lübeck.

Nervös nahm sie das Telefon in die Hand und wählte die angegebene Nummer.

Doch zu ihrer Enttäuschung meldete sich keine Tante Gisela. Stattdessen verkündete eine mechanisch klingende Stimme, dass die Nummer nicht vergeben sei.

Lucia runzelte die Stirn. Das konnte doch nicht sein!

War Spiders Großtante vielleicht weggezogen, nach allem, was passiert war? Oder hatte sie eine Geheimnummer bekommen, aus welchem Grund auch immer?

Sie blieb auf der Seite des Online-Telefonbuchs und suchte jetzt nur nach der Straße, die bei dem Namen aufgeführt worden war. Mit derselben Hausnummer, der 40, gab es keinen Treffer, aber es wurde ein Name mit der Hausnummer 38 aufgelistet: A. Wegner.

Kurzentschlossen griff Lucia wieder zum Telefon und wählte die angegebene Nummer.

»Wegner«, meldete sich eine älter klingende Frauenstimme.

Lucia setzte ein strahlendes Lächeln auf. Sie war überzeugt davon, dass man das ihrer Stimme anhören konnte.

»Guten Abend, Frau Wegner«, begann sie betont höflich. »Mein Name ist Lucia Gomez. Es mag für Sie vielleicht verwunderlich klingen, aber ich bin auf der Suche nach

Ihrer Nachbarin, Frau Reinhardt. Die Nummer, die ich von ihr habe, scheint leider nicht mehr zu stimmen. Können Sie mir sagen, ob sie eine neue Nummer hat oder weggezogen ist?«

»Warum wollen Sie Frau Reinhardt denn sprechen?«, erkundigte sich Frau Wegner mit einer gehörigen Portion Misstrauen in der Stimme.

»Es geht um eine Familienangelegenheit«, gab Lucia wahrheitsgemäß zurück. »Und es ist ziemlich dringend.«

»Ja, also wenn das so ist ...« Frau Wegner stockte. Sie atmete einmal hörbar durch, bevor sie weitersprach. »Es tut mir ja leid, Ihnen das sagen zu müssen, aber Gisela ist schon vor mehreren Monaten gestorben.«

»Oh nein!«, hauchte Lucia. Sie war ehrlich geschockt, wenn auch aus einem anderen Grund, als Frau Wegner wahrscheinlich annahm.

»Ja, das war wirklich schrecklich«, fuhr die Nachbarin fort. »Sie müssen wissen, dass die gesamte Familie von Giselas Nichte auf ganz schreckliche Weise ums Leben gekommen ist. Gisela hatte keine eigenen Kinder, deswegen ist es ihr wohl besonders nahe gegangen. Jedenfalls hatte sie nur zwei Tage nach dem Tod von Melanie einen Herzanfall. Ich denke, sie hat die Aufregung einfach nicht verkraftet.«

*

Suna atmete aus und beobachtete den feinen Nebelschleier, den ihr Atem in der kalten Luft bildete.

Sie stand neben ihrem Wagen, der immer noch in der Nähe von Leon Brandts Haus abgestellt war, und presste ihr Handy fest an ihr Ohr, während sie darauf wartete, dass Henrike Brandt sich meldete.

Ihr Kopf dröhnte inzwischen noch schlimmer als vorher, und sie hoffte sehr, dass die beiden Kopfschmerztabletten, die sie kurz zuvor genommen hatte, endlich wirken würden. Sie fühlte sich unglaublich müde und erschöpft, aber auch sehr aufgeregt.

»Frau Brandt?«, meldete sie sich, nachdem Henrike das Gespräch angenommen hatte. »Hallo, hier ist Suna Lürssen. Es tut mir leid, dass ich mich jetzt erst bei Ihnen melde, aber früher ging es nicht.«

»Hallo Frau Lürssen«, gab Henrike zurück. Sie klang mindestens genauso aufgeregt wie die Privatdetektivin. »Waren Sie in Leons Wohnung? Haben Sie das Diktiergerät gefunden?«

»Ja und nein«, antwortete Suna leicht amüsiert. »Ja, ich war in der Wohnung. Aber nein, ich habe das Diktiergerät nicht gefunden. Anscheinend ist mir jemand zuvorgekommen.«

»Was?«, fragte Henrike verwirrt. »Wie meinen Sie das?«

»Frau Brandt«, begann Suna behutsam. »In die Wohnung Ihres Bruders ist eingebrochen worden. Ich habe den Einbrecher noch überrascht, als ich vorhin angekommen bin, aber ich konnte ihn leider nicht aufhalten. Er ist entwischt, und zwar mit dem Diktiergerät.«

»Oh mein Gott!«, sagte Henrike entsetzt. »Ist Ihnen was passiert?«

»Nichts, was nicht wieder heilt«, erwiderte Suna ausweichend. Sie wollte ihre Klientin nicht unnötig ängstigen. »Allerdings hat es Leons Nachbarin, Frau Glogowski, etwas schlimmer erwischt. Der Einbrecher hat sie umgestoßen, und bei dem Sturz hat sie sich offenbar das Bein gebrochen. Die Sanitäter haben sie ins Krankenhaus gebracht.«

»Du meine Güte«, murmelte Henrike fassungslos. »Das ist ja schrecklich. Und Sie meinen, der Einbrecher wollte das Diktiergerät stehlen?«

Suna nickte. »Davon gehe ich aus. Ich war mit der Polizei in der Wohnung. Sowohl im Schlafzimmer als auch im Wohnzimmer war alles durchwühlt. Und sogar in der Küche hatte der Einbrecher gewütet. Aber das Diktiergerät habe ich nirgends gefunden. Deshalb denke ich, dass er es mitgenommen hat.«

»Und jetzt?«, fragte Henrike ratlos. »Wie können wir denn jetzt noch rauskriegen, was mein Bruder herausgefunden hat? Ohne den Laptop und ohne das Diktiergerät sind wir doch aufgeschmissen.«

»Nicht ganz«, widersprach Suna. »Sie vergessen, dass die wichtigste Möglichkeit immer noch nicht verloren ist: Wir können Spider ausfindig machen.«

»Aber der ist doch spurlos verschwunden«, wandte Henrike ein.

»Nicht spurlos.« Suna gelang es nicht, den triumphierenden Unterton in ihrer Stimme zu unterdrücken. »Ich habe nämlich in der Wohnung etwas viel Besseres entdeckt als das Diktiergerät: einen Hinweis, wo Spider sich wahrscheinlich momentan aufhält.«

»Was?«, fragte Henrike ungläubig. »Aber wie ...«

»Das erkläre ich Ihnen später«, unterbrach Suna sie. »Ist eine längere Geschichte. Ich denke, dass der Hinweis ursprünglich von Jussi Mancini stammt. Auf jeden Fall mache ich mich gleich auf den Weg nach Schlutup. Da gibt es eine Fabrik für Fischkonserven, die vor ein paar Jahren stillgelegt worden ist.«

»Und Sie glauben, dass Sie Spider in der Fabrik finden?«, fragte Henrike skeptisch.

»Ich hoffe es«, gab Suna zurück. »Das ist jedenfalls bisher der beste Hinweis, den wir bekommen haben. Jetzt ruhen alle meine Hoffnungen darauf, dass er sich dort versteckt hat. Wenn ich ihn da nicht finde, weiß ich auch nicht mehr weiter.«

*

»Ihr verdammten Säcke!«, brüllt Marco aufgebracht. »Das ist das letzte Mal, das ich mich auf so eine Scheiße eingelassen habe. Das nächste Mal bleibe ich gleich zu Hause. Auf so 'nen Mist habe ich keinen Bock!«

»Rede nicht so mit deiner Mutter oder mit mir!«, fährt sein Vater ihn an. Zwischen seinen Augen hat sich vor Zorn eine tiefe Furche gebildet. »Wie kann man nur so undankbar sein? Wir tun alles, damit es euch gut geht, dir und Lina, und was machst du? Du machst immer nur alles kaputt! Ich habe mir extra das Wochenende freigenommen, damit ich endlich mal wieder mit meiner Familie einen schönen Ausflug machen kann. Wäre ich doch besser arbeiten gegangen. Da hätte ich garantiert mehr Spaß als hier mit dir!«

»Am liebsten wäre dir doch, ich wäre tot«, zischt Marco. »Dann wärst du mich endlich los.«

Sein Vater sieht ihn an. Unterdrückter Zorn, aber auch Enttäuschung liegt in seinem Blick. »Das ist völliger Schwachsinn«, sagt er leise. »Und das weißt du auch.«

»So?« Marco starrt ihn mit vor Wut verzerrtem Gesicht an. »Vielleicht ist das so. Aber weißt du was? Mir wäre es am liebsten, ihr wärt tot. Dann könnte ich endlich tun und lassen, was ich will.«

Konstantin Reisenbacher blickt seinen Sohn so ungläubig an, als hätte der ihm gerade einen Fausthieb verpasst. Es ist nicht zu übersehen, wie verletzt er ist. Er dreht sich um, verlässt die kleine Kabine im Bugbereich der Jacht und geht die schmale Treppe hoch an Deck. Dabei geht er betont langsam und gibt seinem Sohn die Gelegenheit, sich zu entschuldigen – oder wenigstens etwas zu sagen, das die Wogen ein wenig glättet.

Aber Marco bleibt stur. Er wirft sich auf die Koje, dreht sich auf den Bauch und stützt den Kopf auf die Ellenbogen. Er ist zu weit gegangen, das weiß er. Viel zu weit. Aber er will noch nicht nachgeben, jedenfalls jetzt noch nicht. Ein bisschen will er seine Eltern noch schmoren lassen. Im Augenblick überwiegt die Genugtuung noch die Gewissensbisse.

Dabei ist der Anlass für ihren Streit absolut lächerlich gewesen. Er hat doch lediglich gesagt, dass er am Wochenende viel lieber mit seinen Kumpels abhängen würde, anstatt hier auf der Jacht den braven Sohn zu spielen und sich dabei zu Tode zu langweilen.

Er weiß selbst nicht genau, warum in letzter Zeit jeder Streit zwischen ihm und seinen Eltern so eskaliert. Jede Nichtigkeit artet in heftige Wortgefechte aus, auch wenn er das eigentlich gar nicht will. Er will doch nur in Ruhe gelassen werden. Ist das etwa zu viel verlangt?

Er sieht durch den offenen Türspalt zur Musikanlage im Wohn- und Kochbereich der Jacht hinüber. Am liebsten würde er jetzt seine Musik einlegen und die Anlage aufdrehen, bis die Boxen vibrieren. Aber das wagt er nicht. Es wäre wahrscheinlich doch ein bisschen zu viel der Provokation. Nein, er wird einfach hier unten bleiben, bis seine Mutter kommt und ihn anbettelt, den Streit doch beizulegen und mit ihr nach oben zu kommen.

Vielleicht wird er sich dann gnädig stimmen lassen und doch wieder an Deck auftauchen. Aber nur vielleicht.

Er bleibt auf dem Bauch liegen und sieht durch das kleine ovale Fenster nach draußen. Die Ostsee ist ungewöhnlich ruhig an diesem Tag. Die Tempus Fugit schaukelt sanft auf den Wellen und macht nur wenig Fahrt.

Mit anderen Worten: Langeweile pur.

Eine Weile starrt er einfach auf das Meer, spürt die Bewegungen des Bootes auf den Wellen und grübelt vor sich hin.

Doch plötzlich stutzt er. Etwas Rotes ist in seinem Sichtfeld aufgetaucht, gar nicht weit von der Tempus Fugit entfernt. Offensichtlich steuert sein Vater direkt darauf zu.

Interessiert richtet er sich ein Stück auf, um besser sehen zu können.

Es ist ein Speedboot, rot und weiß lackiert und mit zwei riesig wirkenden Außenbordmotoren.

So ein Teil müsste man haben, sinniert Marco sehnsüchtig. Damit über das Wasser zu heizen wäre doch viel besser, als die Wochenenden auf dieser stinklangweiligen Segeljacht zu verbringen. Mit so einem Teil könnte er zusammen mit seinen Kumpels richtig viel Spaß haben.

Marco erkennt zwei Männer, die sich an einem der Motoren zu schaffen machen. Dabei hört er gedämpfte Stimmen, die von seinem Vater und die eines der Männer, einem massigen Kerl mit kahlrasiertem Schädel. Eine auffällige Tätowierung in Form eines Spinnennetzes zieht sich von seinem Ohr den Hals hinunter.

Leise hört er seinen Vater fragen, ob er helfen könne.

Der Mann mit dem Spinnennetz-Tattoo nickt dankbar und sagt etwas, das Marco nicht versteht. Aber offensichtlich nimmt er die Hilfe an, denn kurz darauf zieht sein Vater das Schnellboot mit dem Bootshaken näher an die Segel-

jacht heran, damit der andere auf die Tempus Fugit klettern kann.

Doch plötzlich glaubt Marco seinen Augen nicht zu trauen. Der Mann, der auf dem Speedboot geblieben ist, ein muskulöser Kerl mit kurz geschnittenen schwarzen Haaren, zieht etwas Schwarzes, Kantiges aus einer Sporttasche und wirft es seinem Kumpan zu, der bereits an Bord der Tempus Fugit ist.

Noch bevor Marco begriffen hat, was da gerade passiert, zerreißen Schüsse die Stille. Es sind mehrere, in extrem schneller Folge abgefeuert.

Unwillkürlich steigt in Marcos Kehle ein Schrei auf, doch kein Laut dringt aus seiner Kehle. Sie ist wie zugeschnürt. Stattdessen presst sich Marco den Handrücken auf den Mund und lauscht, vor Entsetzen immer noch in Schockstarre.

Wieder ertönt eine Salve Schüsse. Aus dem Augenwinkel sieht Marco einen Schatten durch das Bullauge der Jacht. Etwas Großes, Schweres fällt von Bord und landet mit einem lauten Platschen im Wasser. Marco will nicht hinsehen, aber er kann nicht anders.

Als ihm klar wird, um was es sich handelt, beißt er so fest in seinen Handrücken, dass es zu bluten beginnt. Es ist ein menschlicher Körper, der da in der Ostsee treibt. Nur anhand der Kleidung weiß er, dass es sich um seine Mutter handelt. Dort, wo vorhin noch ihr Gesicht gewesen ist, sieht er jetzt nur noch eine blutige Masse.

Mit aller Kraft zwingt er sich, seinen Blick abzuwenden.

Von oben dringen die Stimmen der Angreifer an seine Ohren.

Nur ihre Stimmen, nicht die seines Vaters und auch nicht die von Lina.

»Oh nein!«, fleht er lautlos. »Nein, bitte nicht!«

Panisch sieht er sich um. Wenn die beiden Kerle ihn entdecken, ist er auch tot, das ist ihm vollkommen klar. Doch was soll er tun?

Er muss sich irgendwo verstecken. Irgendwo, wo die Männer ihn nicht entdecken werden. Vielleicht hat er Glück und sie stehlen nur die Bootstechnik und kommen gar nicht nach unten in die Kabinen.

Obwohl es ihm unglaublich schwerfällt, zwingt er sich, aus der Koje aufzustehen und die paar Schritte zu dem schmalen Kleiderschrank hinüberzugehen. Er zieht die Tür auf und schiebt die Kleidungsstücke auf den Bügeln ganz zur Seite. Gerade, als er sich in den Schrank gezwängt hat und die Tür hinter sich zuzieht, hört er schwere Schritte, die sich von Deck nach unten bewegen.

In seine Richtung.

Er schließt die Augen und hält die Luft an, konzentriert sich ganz auf sein Gehör, während sein Herzschlag ihm so laut vorkommt, dass er meint, er müsse selbst noch an Deck zu hören sein.

Zu seinem Entsetzen hört er, dass der Mann damit anfängt, sämtliche Schubladen herauszuziehen und die Türen der Schränke aufzureißen. Er hat in der Mitte der Jacht begonnen, dem Bereich mit der gemütlichen Sitzecke, der als Wohnzimmer und Essplatz fungiert. Und mit ein bisschen Glück wird er sich über die kleine Kochecke erst in den hinteren Bereich des Bootes vorarbeiten, in dem sich die Kabine seiner Eltern und die seiner Schwester befinden. Aber Marco hat keinerlei Zweifel, dass er irgendwann auch zu ihm kommen wird. Und dass er das nicht überleben wird.

Er hat nur eine Chance.

Angestrengt horcht er. Als er meint, dass der Mann gerade in einer der hinteren Kabinen zugange sein muss, öffnet er so leise wie möglich die Schranktür und späht hinaus.

Niemand zu sehen.

Vorsichtig tritt er aus dem Schrank heraus und schleicht in den Wohnbereich. Die Tür zur Kabine seiner Eltern steht einen Spaltbreit offen. Dahinter hört er den Mann rumoren, der wahrscheinlich gerade auf der Suche nach dem Schmuck seiner Mutter ist.

Mit angehaltenem Atem tritt er zur Treppe und steigt die Stufen empor.

Draußen steht der Kerl mit dem Spinnennetz-Tattoo an der Reling und blickt über das Meer, die Maschinenpistole lässig in der Hand haltend. Wahrscheinlich hält er Ausschau nach anderen Booten, damit er seinen Komplizen im Notfall rechtzeitig warnen kann. Zum Glück hat er Marco dabei den Rücken zugewandt.

Einen Augenblick lang hält dieser inne und überlegt. Eigentlich hat er vorgehabt, sich irgendwie an dem Mann vorbei zu schleichen, zum Heck des Bootes zu kommen und sich dort leise ins Wasser gleiten zu lassen. Er ist ein guter Schwimmer, ein verdammt guter sogar, und mit ein bisschen Glück kann er es an die Küste schaffen.

Aber der Kerl steht so ungünstig da, dass dieser Plan von vornherein zum Scheitern verurteilt ist. Marco kann unmöglich unbemerkt an ihm vorbeikommen, und es sieht nicht so aus, als würde sich der Mann in nächster Zeit von der Stelle bewegen.

Dafür kann der Schwarzhaarige, der gerade die Kabine durchsucht, ihn jederzeit entdecken. Und das wäre sein Todesurteil.

Innerhalb weniger Sekunden trifft Marco eine Entscheidung.

Er springt aus dem Eingang zur Kabine heraus und macht einen großen Satz auf den Mann zu. Alarmiert dreht sich dieser um, doch Marco rammt ihm mit aller Wucht die

Schulter in den Rücken und versucht, ihn über die Reling zu stoßen.

Der Kerl brüllt vor Überraschung auf, verliert das Gleichgewicht und taumelt, schafft es allerdings im letzten Moment, sich mit einer Hand an der Reling festzuklammern. Die Maschinenpistole fällt scheppernd zu Boden.

Für den Bruchteil einer Sekunde überlegt Marco, ob er es schaffen kann, die Waffe zu erreichen, bevor der Mann danach greifen kann, aber die Chance ist minimal. Also stürzt er an dem Kerl vorbei, um ins Wasser zu springen.

Plötzlich spürt er eine kräftige Hand, die sich fest in den Ärmel seines Sweatshirts krallt. Sein Arm wird herumgerissen, sein Körper zur Seite gedreht und nach unten gewuchtet. Sein Kopf knallt schmerzhaft gegen eine Klampe. Er spürt, dass ihm etwas Heißes die Wange herunterläuft und auf das Deck tropft, achtet aber gar nicht darauf.

Sein Blick fällt auf einen Körper, der leblos und in einer völlig unnatürlichen Haltung an Deck liegt. Das rosafarbene T-Shirt hängt nur noch in Fetzen herunter, der Rücken ist von Wunden übersät. Es ist ein kleiner Körper, viel zu klein, um schon tot zu sein.

Oh mein Gott, bitte nicht!, geht es ihm durch den Kopf. Bitte nicht Lina!

Mit einer fast übermenschlichen Kraftanstrengung gelingt es ihm, sich irgendwie wieder aufzurappeln und sich über die Reling zu schwingen.

Mit einem lauten Platschen landet er im Wasser.

Seine Wange beginnt höllisch zu brennen, während er sich tiefer ins Wasser sinken lässt, um unter der Yacht hindurchzutauchen. Noch bevor er auf der anderen Seite wieder auftauchen und nach Luft schnappen kann, hört er erneut eine Salve Schüsse, die das Wasser aufpeitscht.

Spider fuhr hoch. Sein Puls raste und sein Atem ging flach und viel zu schnell.

»Nein!«, keuchte er. »Nein, nicht schon wieder!«

Noch immer hallten ihm die Schüsse in den Ohren, und noch immer nahm er den Geruch nach Blut wahr.

Er vergrub sein Gesicht in den Händen und begann hemmungslos zu schluchzen. Seit diesem schicksalhaften Tag verfolgten ihn die Bilder. Ganz egal, ob er wach war oder schlief, er wurde sie niemals los, und das würde sich wahrscheinlich auch nicht ändern.

Nicht, solange er lebte.

Er wünschte sich mehr als alles andere, dass jetzt jemand hier wäre, mit dem er reden, dem er alles anvertrauen konnte. Das Gesicht von Adana blitzte kurz in seinen Gedanken auf. Doch er verdrängte es schnell wieder. Er hatte schon einmal den Fehler gemacht, jemandem zu viel über sich selbst zu erzählen, auch wenn er damals wohl nicht ganz klar im Kopf gewesen war. Aber so etwas wie mit Jussi würde ihm nicht noch einmal passieren.

Er sah zu Faxes Rucksack hinüber, den er im alten Lagerhaus mitgenommen hatte, bevor er abgehauen war. Wenn nichts mehr half, gab es immer noch die eine, die endgültige Lösung.

*

»Willst du nicht doch lieber die Polizei einschalten?«, fragte Lucia. »Nach allem, was heute passiert ist …«

Sie beendete den Satz nicht, aber Suna wusste auch so, dass sie sich große Sorgen um sie machte.

»Ich weiß ja gar nicht, ob er wirklich da ist«, gab Suna betont munter zurück, während sie ihren Wagen durch eine enge Kurve lenkte. »Und nach dem, was dieser Yannick dir erzählt hat, ist es vielleicht besser, nicht mit der Polizei aufzutauchen. Ich will nicht, dass Spider ausrastet und jemanden verletzt. Oder sich vielleicht selbst noch etwas antut, wenn da plötzlich ein Streifenwagen vorfährt. Falls ich ihn finde, werde ich erst mal versuchen, ganz in Ruhe mit ihm zu reden.«

»Und du meinst, dass er nichts mit dem Überfall auf die *Tempus Fugit* zu tun hatte?«, meinte Lucia, offensichtlich immer noch nicht überzeugt.

»Da bin ich mir ziemlich sicher«, entgegnete Suna in ruhigem Ton. »Der Überfall war fast perfekt durchorganisiert. Außerdem war er so perfide, da kann kein Fünfzehnjähriger dahinterstecken. Das kann ich einfach nicht glauben.«

»Ja, das denke ich auch.« Lucia klang erleichtert. »Wo bist du jetzt? Ist es noch weit?«

Suna schüttelte den Kopf. »Nein, ich müsste eigentlich in ein paar Minuten da sein. Ich hoffe, dass ich den Weg auf Anhieb finde. Ich glaube, in dieser Ecke von Lübeck war ich noch nie.«

Lucia seufzte besorgt. »Mir wäre es trotzdem lieber, du wärst nicht allein«, beharrte sie.

Suna lächelte. Sie war wirklich froh, dass sie in Lucia eine fleißige und zuverlässige Unterstützung gefunden hatte, aber manchmal war ihre Besorgnis dann doch ein bisschen zu viel des Guten.

»Ich schaffe das schon«, versicherte sie ihrer Assistentin zuversichtlich. »Vertrau mir einfach, okay?«

*

Das Fieber hatte ihn fest im Griff.

Spider hatte keine Ahnung, ob er sich eine heftige Grippe eingefangen hatte, oder ob die Wunde an seinem Arm, die der Kerl mit dem Messer ihm verpasst hatte, schuld an seinem miserablen Zustand war. Aber es ging ihm dreckig. Richtig dreckig.

Seine Zähne klapperten aufeinander und sein Körper zitterte so stark, dass er ihn kaum noch unter Kontrolle hatte. Er zog den Schlafsack, in den er sich gewickelt hatte, bis zur Nase hoch, doch auch das half kaum.

Die Kälte kam nicht nur allein vom Fieber, das wusste er. Sie kam vielmehr von der Leere in seinem Inneren. Er hatte alles verloren, was ihm mal wichtig gewesen war.

Alles und jeden.

Wieder stiegen die Bilder seiner Eltern vor seinem geistigen Auge auf. Seine Mutter, die leblos in die Ostsee fiel, das Gesicht nicht mehr erkennbar. Seine Schwester, die blutüberströmt an Deck der *Tempus Fugit* lag. Und sein Vater, dem er gesagt hat, er wünschte, er wäre tot.

Ein Schluchzen drang aus seiner Kehle.

Wie hatte er das jemals sagen können? Wie konnte überhaupt ein Mensch so etwas zu seiner eigenen Familie sagen?

Er hatte in seinem Leben ja schon viel Mist gebaut, aber das war mit Abstand das Schlimmste gewesen. Und es gab nichts, für das er sich dermaßen schämte wie für diesen einen – im Zorn gesagten – Satz. Er würde sich das niemals verzeihen, vor allem, weil er sich nicht mehr hatte entschuldigen können. Ausgerechnet das war das Letzte gewesen, das sein Vater von ihm gehört hatte.

»Aber ich hab euch doch lieb«, flüsterte er. »Ihr wisst doch, dass ich euch liebhabe?«

Er rollte sich in seinem Schlafsack zusammen und verharrte in der Embryonalstellung. Die Kerze, die er neben seinem Lager aufgestellt hatte und die in dem Raum die einzige Lichtquelle bildete, tauchte seine Umgebung in flackerndes, unheimliches Licht.

Er dachte an Jussi. Noch so eine Sache, in der er vollkommen versagt hatte. Bis heute wusste er nicht genau, wie sie an die Informationen gekommen war. Er hatte lediglich einen Verdacht: Wahrscheinlich hatte er einfach zu viel erzählt, als er irgendwann mal wieder zugedröhnt gewesen war und sie sich um ihn gekümmert hatte.

Sie hatte sich immer um alle gekümmert, die ihre Hilfe gebraucht hatten, und das hatte ihr letztendlich den Tod gebracht.

Warum hatte sie nur so viele Fragen gestellt? Warum hatte sie ihn immer wieder nach seiner Familie gefragt? Nach seiner Vergangenheit? Warum hatte sie nicht einfach alles auf sich beruhen lassen? Dann wäre sie vielleicht jetzt noch am Leben. Aber nein, sie hatte sogar Leon, diesen Journalisten, in die Sache mit reingezogen.

Hätte sie mich doch einfach in Ruhe gelassen!, dachte Spider. *Dann hätten sie mich nie gefunden.*

Es war so einfach, Jussi die Schuld am Auftauchen des Spinnennetz-Mannes und seines Komplizen zu geben, aber wenn er ehrlich war, wusste er, dass er allein schuld an der Misere war.

Er hätte seine Sachen packen und verschwinden müssen, als Jussi damit begann, zu viele Fragen zu stellen. Stattdessen hatte er alle ins offene Messer laufen lassen. Diesen Journalisten, Jussi und zuletzt auch noch Faxe. Ausgerechnet der gutmütige Faxe, der mit alldem überhaupt nichts zu tun gehabt hatte.

Und das nur, weil er selbst so egoistisch gewesen war. Er wollte nicht schon wieder abhauen, nicht schon wieder mutterseelenallein in einem alten Schuppen oder einer stillgelegten Fabrik hausen. Das Bild von Adana tauchte in seinem Kopf auf. Adana mit ihrem hinreißenden Lächeln und den niedlichen Grübchen.

Er durfte sie nie wiedersehen!

Er durfte nie wieder mit jemandem Kontakt haben, der ihm irgendetwas bedeutete. Jeder, der sich mit ihm einließ, geriet automatisch in Lebensgefahr.

Wieder schluchzte er auf. Die Kälte um ihn herum schien sich auszubreiten. Mehr noch, immer gnadenloser fraß sie sich in ihn hinein.

Spider hatte wieder das Bild von Faxe vor Augen. Faxe, der von dem Spinnennetz-Mann festgehalten wurde, während der andere ihm eine Spritze setzte. Sicher, er hatte Angst gehabt. Todesangst sogar. Aber immerhin hatte er es jetzt hinter sich. Im Grunde war er doch recht friedlich eingeschlafen.

Und er musste nie wieder aufwachen.

Mit viel Mühe richtete Spider sich auf, griff nach Faxes Rucksack und zog ihn zu sich heran. Selbst das Öffnen des Reißverschlusses kostete ihn viel Kraft. Nach kurzem Suchen holte er eine Spritze, ein Döschen und ein paar sorgfältig eingewickelte Päckchen hervor, dazu noch einen großen, rußgeschwärzten Löffel.

Er hatte noch nie Heroin gespritzt, aber schon öfter zugesehen, als Faxe das Zeug vorbereitet hatte. Wie sein Kumpel nahm er etwas Wasser aus der Wasserflasche neben seinem Lager auf den Löffel, dazu etwas von dem weißen Pulver und den Inhalt von drei kleinen Päckchen.

Er rührte die Mischung mit dem Zeigefinger um und hielt sie dann mit zittriger Hand über die Flamme der Kerze.

Es dauerte nicht lange, bis die Flüssigkeit zu kochen begann.

Langsam zog Spider den Löffel zurück. Er fluchte leise, als er mit dem Ellenbogen anstieß und ein Teil der Mischung über den Rand des Löffels schwappte.

Es ist noch genug übrig, versuchte er sich selbst zu beruhigen. *Noch mehr als genug.*

Obwohl die Spritze sicher schon ein paar Monate auf dem Buckel hatte und die Nadel total verrostet war, schaffte es Spider, den größten Teil der Flüssigkeit aufzuziehen.

Er zog den Ärmel seiner Sweatjacke hoch und hielt kurz inne. Faxe hatte sich immer den Arm mit einem Gurt abgebunden, das wusste er. Nur hatte er keinen Gurt. Er hatte zwar Faxes Rucksack aus dem Lagerhaus mitgenommen, nachdem die beiden Männer abgehauen waren, aber er hatte es einfach nicht fertiggebracht, seinem toten Kumpel den Gurt vom Arm zu ziehen.

Egal, sagte er sich. *Es muss auch so gehen.*

Er setzte die Spritze in seine Armbeuge und stach die rostige Nadel in die Haut.

Langsam, ganz langsam drückte er den Kolben in voller Länge herunter.

Als er merkte, dass die Wirkung der Droge einsetzte, ließ er sich einfach nach hinten kippen.

Er hatte es geschafft!

*

Der Ort wirkte wie die typische Kulisse eines Horrorfilms, und je näher sie dem Gebäude kamen, umso bedrohlicher wirkte es.

Düster ragte die alte Backsteinfassade in den Nachthimmel. Die blinden Scheiben der hohen Sprossenfester wirkten im Mondlicht schwarz. Bei einigen von ihnen, die im Lauf der Zeit zerbrochen waren, ragten scharfkantige Glassplitter in die dunkle Leere.

»Scheiße, wie kann man sich bloß so einen alten Kasten als Nachtquartier aussuchen«, motzte Murat Aslan. »Da ist es ja noch in der Hölle gemütlicher.«

»Sei doch froh«, gab Rolf Breeke leise zurück. »Hier können wir den Kerl in aller Ruhe fertigmachen, das merkt kein Mensch. Viel schlimmer wäre doch, wenn er irgendwo unter der Puppenbrücke kampieren würde.«

Er fuhr sich mit der Hand über seinen glattrasierten Schädel. Im Mondlicht war sein Spinnennetz-Tattoo gut zu erkennen. Vor seinem Kumpan hätte er es niemals zugegeben, aber er war nervös. Richtig nervös. Sie mussten die Angelegenheit endlich aus der Welt schaffen – ein für alle Mal.

Wie konnten sie damals nach dem Überfall nur so blöd sein, Marco nicht hinterherzufahren, als er geflohen war? Anstatt sich darauf zu verlassen, dass er die Küste niemals erreichen würde, hätten sie die Sache gleich zu Ende bringen sollen.

Dabei war es noch Glück im Unglück gewesen, dass der Junge nicht gleich zu den Bullen gerannt war. So hatten sie immerhin noch die Chance, ihren Fehler wieder gut zu machen.

»Was machen wir, wenn er nicht hier ist?«, wisperte Aslan. Auch ihm schien der Arsch auf Grundeis zu gehen.

Kein Wunder, dachte Breeke. Wenn dieser Spider doch noch auf die Idee kam, zur Polizei gehen, waren sie so gut wie erledigt. Dann konnten sie gleich die Flucht nach Südamerika antreten.

»Er ist hier«, entgegnete er im Flüsterton. »Und jetzt kein Wort mehr.«

In gebückter Haltung überwanden sie die letzten Meter bis zur Wand der ehemaligen Fabrik für Fischkonserven und näherten sich einem der hohen Sprossenfenster. Breeke, der der Größere der beiden war, reckte den Hals, um hindurchsehen zu können. Zwar war das Glas so verdreckt, dass man es kaum noch als durchsichtig bezeichnen konnte, aber Breeke konnte deutlich einen schwachen Lichtschimmer erkennen, der aus dem Inneren der alten Fabrik kam.

»Da ist jemand drin. Jetzt haben wir ihn.« Obwohl er nur im Flüsterton sprach, war der Triumph in seiner Stimme unüberhörbar.

Er zog seine Waffe aus dem Hosenbund und gab Aslan mit einem Kopfnicken zu verstehen, dass er ihm folgen sollte.

So leise wie möglich bewegte er sich auf eine Tür zu, die direkt neben dem großen Fabriktor in die Wand eingelassen worden war. Er musterte sie mit einem prüfenden Blick. Dann nickte er zufrieden und zeigte auf die frisch aussehenden Spuren. Die Tür war eindeutig aufgebrochen worden.

Aslan schluckte hörbar, nickte allerdings ebenfalls.

Vorsichtig und sehr langsam zog Breeke die Tür auf. Er zuckte zusammen, als ein leises Quietschen ertönte. Nur mit Mühe schaffte er es, den Fluch zu unterdrücken, der ihm auf der Zunge lag.

Er drehte sich um.

Aslan wirkte ebenso erschrocken wie er, doch er nickte, als Breeke ihn mit einer Kopfbewegung zu verstehen gab, dass er weitergehen sollte. Nachdem er die Tür gerade so weit aufgezogen hatten, dass sie sich beide durch den Spalt winden konnten, betraten sie die große Fabrikhalle.

Im Inneren herrschte eine seltsame Atmosphäre. Die Luft war definitiv noch kälter als draußen, wirkte aber trotzdem abgestanden und merkwürdig muffig. Breeke meinte sogar, noch den Geruch nach dem Fisch wahrnehmen zu können, der früher hier verarbeitet worden war.

Der schwache Lichtschimmer, den er von draußen durchs Fenster hindurch gesehen hatte, kam von einer Kerze, die jemand im hinteren Eck der Halle angezündet hatte. Im flackernden Lichtschein zeichneten sich die Silhouetten altertümlicher Maschinen und Gerätschaften ab.

Breeke wies mit einem Kopfnicken auf die Kerze und verzog das Gesicht zu einem fiesen Grinsen. Mit Aslan im Gefolge schlich er auf die Stelle zu.

Neben der Kerze lag eine alte Isomatte auf dem schmutzigen, mit Staub bedeckten Boden. Darauf hatte sich eine Gestalt in einem Schlafsack zusammengerollt. Die Kapuze einer Sweatjacke verdeckte den Kopf. Die Gestalt schien fest zu schlafen, zumindest rührte sie sich nicht, als Breeke und Aslan sich ihr näherten.

Wahrscheinlich mit Drogen vollgepumpt bis zum Anschlag, dachte Breeke verächtlich. Nun, ihm sollte es nur recht sein. Umso einfacher war es für sie, ihren Auftrag endlich abzuschließen – und zwar diesmal endgültig.

Breeke richtete seine Waffe auf den Schlafenden.

»Aufwachen, Arschloch!«, brüllte er.

*

»Ich bin jetzt da«, vermeldete Suna durchs Telefon.

Sie stellte ihren Wagen auf dem Parkplatz ab, der zur Kleingartenkolonie gehörte. Nur ein einzelnes weiteres Auto war zu dieser Zeit dort geparkt: ein rostiger roter VW-Käfer, der seine beste Zeit schon Jahrzehnte hinter sich hatte.

Mit hastigen Schritten ging Suna auf den Eingang der Kleingartenanlage zu, der durch ein hohes Gittertor versperrt wurde. Suna drückte die Klinke herunter und atmete erleichtert auf. Die Tür ließ sich leicht öffnen.

Ein Glück, dachte sie. Nach einer erneuten Kletterpartie war ihr heute ganz bestimmt nicht mehr zumute.

»So, wie war das jetzt noch mal?«, fragte sie ins Telefon. »Erst nach links, dann die Zweite rechts, oder?«

»Genau«, bestätigte Lucia. »Die Nachbarin von Marcos Großtante hat mir alles genau beschrieben. Links, die Zweite rechts und dann wieder links. Der Garten ganz am Ende des Wegs müsste es dann sein.«

»Okay.« Suna hatte ihre Schritte beschleunigt, während sie dem beschriebenen Weg folgte. »Dann versuche ich mal mein Glück. Ich hoffe nur, die Frau hat sich nicht geirrt. Sonst brauche ich hier wahrscheinlich Stunden, bis ich die richtige Parzelle finde.«

Nachdem Frau Wegner Lucia am Telefon erzählt hatte, dass Spiders Großtante kurz nach dem Mord an seiner Familie gestorben war, hatte sie gar kein Ende mehr gefunden. Anscheinend hatte die ebenfalls recht betagte Dame niemanden, der ihr mehr zuhörte, und war froh gewesen, endlich mal mit jemandem reden zu können, vor allem mit jemandem, der ihr so viel Aufmerksamkeit schenkte wie Lucia.

Dabei waren einige ganz erstaunliche Dinge ans Licht gekommen, unter anderem, dass Gisela Reinhardt nicht nur ein kleines Einfamilienhaus in Lübeck besessen hatte, sondern auch, dass sie schon seit vielen Jahren eine Parzelle in einem Kleingartenverein ganz in der Nähe gepachtet hatte. Dort war sie auch häufig mit ihrem Großneffen gewesen, wenn der Junge sie besucht hatte. Und dort hatte Spider nur allzu gern übernachtet.

»Was machen wir, wenn er nicht da ist?«, fragte Lucia besorgt.

Suna zuckte die Achseln. »Weitersuchen. Ich denke aber, dass unsere Chancen gar nicht schlecht stehen. Spider muss gerade eine Heidenangst ausstehen. Da ist es nur logisch, wenn er sich einen Ort sucht, den er kennt und an dem er sich sicher fühlt. Und selbst wenn nicht, irgendwann finden wir ihn. Wir oder die Polizei.«

Unbeirrt lief Suna weiter. Der grobe Schotter, der anscheinend erst vor Kurzem auf dem Weg aufgebracht worden war, verursachte ein lautes Knirschen unter ihren Sohlen, das in der nächtlichen Stille gut zu hören war.

Aufmerksam sah sie sich um, während sie den schmalen Weg entlanglief. Rings um sie herum war alles wie ausgestorben. In keiner der kleinen Lauben, die auf jeder einzelnen Parzelle der Anlage standen, brannte Licht. Nirgendwo waren Stimmen zu hören.

»Kein Wunder«, murmelte Suna. »Bei dem ungemütlichen Wetter wäre ich eigentlich auch lieber zu Hause und würde es mir auf der Couch bequem machen.« Fröstelnd zog sie die Schultern hoch und rieb mit der freien Hand ihren Oberarm.

»Hat dir die Nachbarin auch beschrieben, wie das Häuschen aussieht?«, fragte sie ins Telefon.

»Grün mit braunem Dach«, antwortete Lucia. »Und es muss irgendwo ganz hinten auf dem Grundstück stehen. Du musst also erst mal durch den ganzen Garten, bevor du hinkommst.«

Suna sah sich in alle Richtungen um. »Na klasse«, meinte sie in sarkastischem Ton. »Die Leute hier scheinen eine Vorliebe für grüne Lauben zu haben. Jede zweite sieht so aus. Und ob die Dachfarbe grau, braun oder schwarz ist, kann ich in der Dunkelheit nicht erkennen.«

»Du bist ziemlich schlecht zu verstehen«, beschwerte sich Lucia.

Suna lachte. »Ich weiß. Du hörst dich auch ziemlich knistrig an. Das liegt an dem alten Handy. Aber mein Neues sollte ich momentan wohl eher nicht benutzen.«

Bevor sie Lucia angerufen hatte, hatte Suna ein altes Telefon aus dem Handschuhfach ihres Wagens genommen, das sie sicherheitshalber immer als Ersatzhandy dabei hatte. Das andere Gerät lag jetzt – mit herausgenommenem Akku – auf ihrem Beifahrersitz.

Plötzlich blieb sie stehen.

»Moment mal«, sagte sie ins Telefon. Sie hatte ihre Stimme unwillkürlich gesenkt. »Das hier könnte es sein.«

Die Laube, von der sie sprach, lag in einer eher kleinen Parzelle. Sie war tatsächlich grün gestrichen und auch die braune Farbe des Dachs stimmte mit der Beschreibung der Nachbarin überein. Um das Grundstück zog sich eine dichte, etwa einen Meter hohe Hecke. Der Garten war sehr akkurat angelegt worden. Gemüsebeete in geometrischen Formen wechselten sich mit Blumenrabatten ab. Dazwischen lag eine kleine Rasenfläche. Ein schmaler, mit feinem Kies bedeckter Weg führte zu der kleinen Laube, die an der hinteren Grundstücksgrenze lag.

Der Garten war sicherlich mal sehr gepflegt gewesen. Jetzt aber sah man ihm an, dass schon länger nichts gemacht worden war. Unkraut wucherte zwischen den herbstlich gefärbten Blättern der Stauden und breitete sich sogar auf dem Kiesweg aus. Der Rasen war seit Längerem nicht geschnitten worden.

Suna reckte den Hals, um die Laube besser sehen zu können. Sie war sich nicht sicher, ob es das Mondlicht war, das sich in den Scheiben des kleinen Fensters spiegelte, oder ob tatsächlich ein schwacher Lichtschimmer aus dem Inneren der Laube drang.

»Ich lege jetzt auf und geh mal nachsehen«, sagte sie zu Lucia. »Ich melde mich dann, sobald ich mehr weiß.«

»Aber sei bloß vorsichtig!«, warnte Lucia.

Suna verzog ihr Gesicht zu einem Grinsen. »Bin ich doch immer, das weißt du doch.«

*

»Aufwachen, Arschloch!«, brüllte Breeke den Jungen im Schlafsack an.

Doch der Angesprochene rührte sich nicht.

»Wach auf, Spider!« Diesmal war es Aslan, der die Stimme erhob. »Oder sollen wir besser Marco zu dir sagen? Hier ist Endstation für dich!«

Immer noch nichts.

Breekes Gesicht war hasserfüllt.

»Noch mal verarschst du uns nicht«, drohte er. »Diesmal geht die Spinne ins Netz.«

Er strich sich mit der freien Hand über sein Spinnennetz-Tattoo. Bei dem Wortspiel umspielte ein brutales Lächeln seine Mundwinkel. Er trat einen Schritt vor und stieß die Gestalt vor sich unsanft mit dem Fuß an.

Keine Reaktion.

»Was zum Henker ...«, meinte Aslan. Er klang verunsichert. »Ist der Kerl etwa schon tot?«

Plötzlich ertönte hinter ihnen ein merkwürdiges Geräusch.

Breeke fuhr herum und richtete seine Waffe in die Richtung, aus der es gekommen war.

Doch es war zu spät. Mindestens fünf oder sechs Polizisten standen hinter ihnen in der Dunkelheit. Sie trugen schwere Schutzausrüstung und hatten ihre Waffen auf Breeke und Aslan gerichtet.

»Nehmen Sie die Waffe runter«, wies ihn einer der Beamten an, der etwas abseits stand und nur eine einfache schusssichere Weste trug. Seine blonden Haare waren in dem schummrigen Kerzenlicht gut zu erkennen.

Breeke zögerte. Sein Blick huschte hin und her, während er fieberhaft nach einem Ausweg suchte.

»Die Waffe runter!«, wiederholte der Blonde in noch schärferem Ton.

»Scheiße«, entfuhr es Breeke. Kraftlos ließ er die Hand sinken und warf die Pistole vor sich auf den Boden, bevor

er beide Hände über den Kopf hob. Aslan folgte seinem Beispiel.

Sie wussten, dass sie verloren hatten.

*

Während Suna auf die kleine Laube zu ging, blickte sie sich aufmerksam um. Immer noch war um sie herum alles ruhig, keiner der anderen Kleingärtner schien in der Nähe zu sein. Es gab keinen, der sie beobachtete.

Und keinen, der helfen konnte, dachte sie. Falls sie denn Hilfe brauchen sollte.

Als sie sich dem kleinen Fenster näherte, das neben der schmalen Tür in die Wand eingelassen war, sah sie, dass tatsächlich ein schwacher Lichtschimmer aus dem Inneren der Laube nach draußen drang. Das Licht flackerte leicht.

Wahrscheinlich eine Kerze, dachte Suna. Sie merkte, dass sie von einer seltsamen Unruhe erfasst wurde. Das konnte nur Spider sein, der sich in der ehemaligen Laube seiner Großtante einquartiert hatte!

Sie trat auf das Fenster zu und blickte hindurch.

Das Innere des kleinen Häuschens schien aus einem einzelnen Raum zu bestehen. Nur an einer Ecke gab es eine Ausbuchtung mit einer Tür, hinter der sich wahrscheinlich ein winziges Bad oder zumindest eine Toilette befand. Direkt am Fenster entdeckte Suna eine kleine Kochstelle. Die Kerze, die schon ziemlich weit heruntergebrannt war, stand auf einem niedrigen Tisch.

Suna hielt instinktiv die Luft an, als sie das Sofa sah, das hinter dem Tisch stand. Dort lag jemand. Jemand mit wuscheligen braunen Haaren, der eine Sweatjacke anhatte und in einen Schlafsack eingerollt war.

Spider!

Unwillkürlich wich sie ein Stück zurück. Er schien zwar tief und fest zu schlafen, aber das konnte auch täuschen. Falls er wach war, konnte er sich jederzeit umdrehen und sie sehen. Und vielleicht war es besser, wenn er sie nicht unbedingt beim Spionieren entdeckte. Immerhin hatte sie keine Ahnung, wie er dann reagieren würde, so panisch und traumatisiert, wie er war.

Sie überlegte, ob sie die Polizei rufen sollte, bevor sie in die Laube hineinging.

Nein, entschied sie schließlich. Erst würde sie versuchen, allein mit ihm zu reden. Wenn er dann ausrastete, konnte sie immer noch Steffens um Hilfe bitten.

Sie ging zu der schmalen Tür hinüber und versuchte vorsichtig, sie zu öffnen. Die Klinke ließ sich zwar runterdrücken, aber die Tür bewegte sich keinen Millimeter.

»Verdammter Mist!«, fluchte sie im Flüsterton. Insgeheim hatte sie damit allerdings schon gerechnet. Bestimmt hatte Spiders Großtante im Garten ein Versteck für den Schlüssel gehabt, von dem er natürlich gewusst hatte. Und nachdem er sich in der Laube einquartiert hatte, hatte er vorsichtshalber von innen die Tür verschlossen.

Auf diesem Weg würde sie also nicht in die Laube kommen, zumindest nicht, ohne dabei einen größeren Schaden anzurichten. Blieb also nur der direkte Weg.

Sie klopfte an die Tür, fest genug, dass es gut zu hören war, aber nicht zu laut. Sie wollte Spider schließlich keinen Schrecken einjagen.

Mit angehaltenem Atem lauschte sie, ob sich in der Laube etwas regte, aber es tat sich nichts.

Wieder klopfte sie, diesmal etwas lauter, energischer.

Immer noch nichts.

Ihr kam ein Gedanke: Wenn Spider wieder irgendwelche Drogen eingeschmissen hatte, war er möglicherweise so im Rausch, dass er gar nicht mehr wahrnahm, was um ihn herum vorging. Vielleicht war er so weggetreten, dass er sie gar nicht mehr hörte. Oder er hörte sie, war aber nicht in der Lage aufzustehen.

Sie trat wieder zurück ans Fenster, blickte hindurch ins Innere der Laube und klopfte kräftig gegen die Scheibe. Das Glas klirrte, doch Spider blieb immer noch völlig regungslos liegen. Er drehte nicht einmal den Kopf in ihre Richtung.

Suna merkte, dass sie nervös wurde.

Jemand, der verfolgt wurde, der panische Angst hatte, reagierte nicht auf laute Geräusche?

Sie schüttelte den Kopf. Irgendetwas stimmte da nicht.

Noch einmal hämmerte sie gegen das Fenster, schirmte das Gesicht seitlich mit beiden Händen gegen das Mondlicht ab und starrte konzentriert ins Innere der Laube.

Spider bewegte sich immer noch nicht, doch dafür entdeckte Suna etwas anderes. Etwas, das ihr überhaupt nicht gefiel.

»Scheiße!«, keuchte sie entsetzt.

Sie hatte entdeckt, dass der linke Ärmel von Spiders Sweatjacke hochgeschoben war. Sie konnte zwar nicht erkennen, ob eine Spritze in seiner Armbeuge steckte, aber sofort blitzten die Bilder aus dem alten Lagerhaus wieder in ihrem Kopf auf. Faxe, mit einer Spritze im Arm, die offenen Augen starr nach oben gerichtet.

»Nein!«, sagte sie entschlossen, fast schon zornig. »Du stirbst mir jetzt nicht weg. Nicht hier und vor allem nicht heute!«

Sie sah sich im Garten um und fand schnell, was sie gesucht hatte: einen etwa faustgroßen Stein. Sie hob ihn auf und trat wieder ans Fenster. Ohne länger darüber nachzudenken, riss sie den Stein hoch und schleuderte ihn mit aller Kraft, die sie aufbringen konnte, gegen die Fensterscheibe.

Das Glas explodierte regelrecht.

Scherben flogen umher. Eine traf Suna im Gesicht und hinterließ auf ihrer Wange eine schmale, hellrote Spur, aber sie kümmerte sich nicht darum. Entschlossen trat sie nach vorne, griff durch das Fenster und entriegelte den Rahmen. Sie stützte beide Hände auf, drückte sich hoch und ließ sich dann nach vorn kippen.

Das Fenster war noch kleiner als gedacht, aber irgendwie schaffte es Suna, sich hindurchzuwinden. Die Scherben knirschten und knackten unter ihr, als sie sich über den kleinen Herd schob und dahinter auf den Holzdielen zum Stehen kam.

Mit ein paar langen Schritten war Suna bei Spider, der nach wie vor reglos auf der Couch lag. Sie presste die Lippen fest zusammen, als sie die Spritze entdeckte, die tatsächlich noch in seinem Arm steckte. Sofort griff sie danach und zog sie heraus, bevor sie ihn vorsichtig umdrehte.

Er sah schrecklich aus.

Das leuchtende Rot der Narbe, die sich quer über seine Wange zog, stand in krassem Gegensatz zu seiner ansonsten fahlen Haut. Unter seinen Augen lagen dunkle Ringe, und in einem seiner Mundwinkel hing getrockneter, verkrusteter Speichel.

Sein Körper war vollkommen schlaff, aber immerhin atmete er noch.

»Spider«, sagte sie laut, während sie ihr Handy aus der Tasche zog und den Notruf wählte. »Kannst du mich hören? Bitte mach die Augen auf!«

Doch der Junge zeigte keinerlei Reaktion. Schlaff baumelte sein Kopf hin und her, als Suna ihn behutsam rüttelte.

»Bitte halte durch«, flüsterte sie, gerade als ihr Anruf angenommen wurde.

Suna berichtete kurz, wo sie sich befand, und schilderte dann in knappen Worten die Situation.

»Ich denke, es ist eine Überdosis«, sagte sie verzweifelt, nachdem der Mann in der Notrufzentrale ihr zugesichert hatte, dass der Notarzt schon auf dem Weg zu ihnen war. »Was soll ich tun?«

»Zuerst einmal ruhig bleiben«, gab der Mann in verständnisvollem Ton zurück.

»Gut, erledigt«, murmelte Suna.

Schritt für Schritt gab der Mann ihr am Telefon Anweisungen, was sie tun sollte.

Nachdem sie Spider in die stabile Seitenlage gebracht und überprüft hatte, dass seine Atemwege frei waren, lief sie zur Tür der Laube hinüber.

Mit Erleichterung stellte sie fest, dass der Schlüssel von innen steckte. Sie schloss die Tür auf und öffnete sie weit, damit die Sanitäter gleich sehen konnten, wo sie hinmussten. Danach betätigte sie den Lichtschalter, doch alles blieb dunkel.

»Mist«, fluchte sie leise. Wahrscheinlich hatte die Leitung des Kleingartenvereins den Strom abstellen lassen, nachdem Spiders Großtante gestorben war.

Okay, sagte sie sich, dann musste es eben ohne Licht gehen.

Sie schob den Tisch beiseite und setzte sich neben der Couch auf den Boden.

Dabei ließ sie Spider keine Sekunde aus den Augen. Noch atmete er, aber seine Atmung wurde immer flacher und langsamer.

»Halt durch, Spider«, flüsterte sie verzweifelt. »Bitte halt durch!«

Es konnte nur wenige Minuten gedauert haben, aber es kam Suna wie Stunden vor, bis sie in der Ferne Stimmen hörte.

Sie sprang auf und lief zur Tür. Als sie den Notarzt in Begleitung zweier Sanitäter sah, die gemeinsam auf sie zukamen, wurden ihre Knie vor Erleichterung ganz wackelig.

»Hier«, rief sie laut und ruderte mit den Armen. »Wir sind hier! Bitte kommen Sie schnell, ich glaube, es geht hier wirklich um Leben und Tod!«

*

»Sind Sie sicher, dass Sie sich das heute noch antun wollen?« Steffens musterte Suna mit prüfendem Blick. »Wir können das auch morgen auf dem Revier erledigen. Das ist absolut kein Problem.«

»Nein.« Suna schüttelte den Kopf. »Je eher ich es hinter mir habe, umso besser. Den Tag heute kann ich mir sowieso als völlig vermurkst im Kalender markieren, da kommt es darauf jetzt auch nicht mehr an.«

»Völlig vermurkst?«, wiederholte Steffens ungläubig. »Na, so schwarz sollten Sie das aber nicht sehen. Immerhin haben Sie Marco Reisenbacher gerettet. Ohne Sie wäre er jetzt tot.«

»Noch ist nicht sicher, ob er es wirklich schafft«, wandte Suna ein. »Der Notarzt hat ihn zwar beatmet und ihm Naloxon gespritzt, aber er war in keinem guten Zustand. Der Arzt wollte keine Prognose abgeben, ob Marco die Nacht übersteht. Er ist anscheinend schon vorher ziemlich geschwächt gewesen.« Sie lächelte traurig. »Aber ich hoffe sehr, dass er durchkommt. Er hat schon so viel

Schlimmes erlebt, das würde locker für mehrere Leben reichen. Ich finde, wenigstens ein bisschen Glück hat er jetzt durchaus verdient.«

Steffens nickte. »Da haben Sie recht. Und vorsichtshalber habe ich für ihn Polizeischutz angefordert. Ich bin mir nämlich ziemlich sicher, dass die beiden da nicht auf eigene Faust gehandelt haben, sondern für irgendeinen Auftraggeber.«

Suna stimmte ihm zu, hoffte jedoch, dass jetzt trotzdem das Schlimmste überstanden war.

Nachdem sie Spider in der Laube gefunden hatte, war sie so schnell wie möglich nach Schlutup zur alten Fischfabrik gefahren, um zu sehen, ob der Plan, den sie gemeinsam mit Steffens geschmiedet hatte, aufgegangen war.

Nach dem Einbruch bei Leon Brandt hatte sie sich gefragt, warum der Einbrecher fast zeitgleich mit ihr in der Wohnung aufgetaucht war, als sie das Diktiergerät holen wollte. Und die Antwort darauf war denkbar einfach: Die Kerle hatten entweder die Wohnung und das Telefon von Henrike Brandt abgehört oder ihr eigenes Handy.

Noch war keine Zeit gewesen, das von den Spezialisten der Polizei untersuchen zu lassen, aber Suna war sich sicher, dass sie schon am nächsten Tag mehr erfahren würde.

»Also dann, sind Sie bereit?«, fragte Steffens.

Als Suna nickte, führte er sie zu einem der Einsatzwagen, vor dem zwei Männer warteten, beide in Handschellen. Hinter jedem von ihnen stand ein Beamter in Uniform.

Suna musterte die beiden Männer eingehend, dann wies sie auf den Größeren der beiden.

»Das ist er«, sagte sie mit fester Stimme. »Und bevor Sie fragen: Ja, ich bin mir hundertprozentig sicher.«

Beim Anblick der eisblauen Augen des Mannes, der sie nur Stunden zuvor fast bis zur Bewusstlosigkeit gewürgt hatte, bekam sie weiche Knie. Sie war jedoch fest entschlossen, sich nichts anmerken zu lassen.

Auf keinen Fall wollte sie dem Kerl die Befriedigung verschaffen, vor ihm Schwäche zu zeigen. Allerdings hatte der im Moment ganz andere Probleme.

Der Mann musterte sie mit hasserfülltem Blick. Seine Spinnennetz-Tätowierung zeichnete sich deutlich von seiner weißen Haut auf Hals und Schädel ab. Das war nicht nur der Kerl, der in Leon Brandts Wohnung eingebrochen war, um das Diktiergerät zu stehen und damit mögliche Beweise zu vernichten, sondern er war eindeutig auch derjenige, den Theo beschrieben hatte. Er hatte ihm viel Geld für die Information geboten, wo er Spider finden konnte.

»Falls es noch irgendwelche Zweifel geben sollte, dass er tatsächlich der Einbrecher war«, fuhr Suna fort, »ich habe ihn in die rechte Hand gebissen, als er mich gewürgt hat. Er hat zwar Lederhandschuhe getragen, aber Spuren davon müsste es eigentlich trotzdem geben.«

Steffens nickte zufrieden. »Guter Hinweis. Das werden die Kollegen später überprüfen.«

Er wies auf den zweiten Mann, der neben dem mit dem Spinnennetz-Tattoo stand und ebenfalls Handschellen trug. Er war etwas kleiner als sein Kumpan, aber genauso durchtrainiert und muskelbepackt wie der andere. Seine tiefschwarzen Haare waren modisch kurz geschnitten.

»Haben Sie den auch schon mal gesehen?«

Suna schüttelte den Kopf. »Nein, den kenne ich nicht.«

In diesem Moment liefen zwei der Polizeibeamten vorbei. Einer von ihnen trug eine lebensgroße Puppe, die mit einer grauen Kapuzenjacke bekleidet war. Der andere hatte einen Schlafsack und eine zusammengerollte Isomatte unter dem Arm.

»Aber das ist nicht Spider«, entfuhr es dem Schwarzhaarigen. »Das war eine Falle! Die haben uns eine verdammte Falle gestellt!«

»Halt die Schnauze!«, knurrte der andere.

Steffens grinste amüsiert. »Dafür dürfte es wohl schon ein bisschen zu spät sein. Allein die Tatsache, dass Sie beide hier aufgetaucht sind, spricht schon gegen Sie. Von den Zeugenaussagen mal ganz abgesehen. Und morgen werden wir auch die Aussage von Marco Reisenbacher haben. Spätestens dann kommen Sie aus der Geschichte nicht mehr raus.«

Während Steffens sprach, beobachtete Suna die beiden Männer genau. Der mit dem Spinnennetz-Tattoo wurde immer verschlossener. Er kniff die Lippen fest zusammen und starrte sie mit finsterem Blick an. Seine Hände in den Handschellen ballten sich zu Fäusten.

Dem Schwarzhaarigen dagegen war die Panik deutlich anzusehen, die ihn ergriffen hatte. Sein Blick huschte hektisch hin und her und schien verzweifelt einen Halt zu suchen, während seine Finger sich unentwegt zu beschäftigen versuchten.

Er würde sicher leichter zu knacken sein als sein Komplize, dachte Suna insgeheim. An Steffens' Stelle würde sie sich beim Verhör ganz auf ihn konzentrieren.

Der Kommissar gab seinen beiden uniformierten Kollegen ein Zeichen, dass sie die beiden Festgenommenen wegbringen sollten, und wandte sich dann Suna zu.

»Zuerst habe ich ja gedacht, dass Sie total durchgeknallt sind«, gab er ehrlich zu. »Irgend so eine abgefahrene Verschwörungstheoretikerin. Wenn mir jemand heute Morgen erzählt hätte, dass sich der Fall Jussi Mancini so entwickelt ...«

Er schüttelte fassungslos den Kopf.

»Mir geht es ähnlich, wenn ich daran denke, was in den letzten drei Tagen alles passiert ist«, gestand Suna mit einem müden Lächeln. »Aber jetzt bin ich erst mal froh, dass ich nach Hause und in mein Bett komme. Mein Kopf fühlt sich immer noch so an, als hätte er Bekanntschaft mit einer Dampfwalze gemacht und nicht nur mit einer Wand.«

»Ich denke, Sie haben sich eine kleine Ruhepause wirklich verdient.« Steffens lachte. Dann wies er mit einer Kopfbewegung zu den beiden Festgenommenen hinüber, die gerade – mehr oder weniger freiwillig – in einen Polizeiwagen stiegen. »Bei mir wird es noch ein bisschen weitergehen. Ich denke, ich habe eine lange Nacht vor mir.«

Freitag, 14. Oktober

»Wie geht es Spider jetzt?«

Adana sah Suna ängstlich an. Sie saß in Sunas kleiner Küche am Tisch. Adana hatte die Knie an die Brust gezogen und einen Arm darum gelegt. Immer wieder nippte sie an einer Tasse mit heißem Tee. Ein in kleine Teile zerpflücktes Croissant lag vor ihr auf dem Teller. Anscheinend war sie noch zu nervös, um etwas essen zu können.

Suna lächelte und stellte das Telefon wieder auf die Ladestation zurück. Gerade hatte sie mit dem Arzt gesprochen, der Spider behandelte.

»Besser. Er soll zwar noch ein paar Tage im Krankenhaus bleiben, aber wenn du möchtest, kannst du ihn heute noch besuchen.«

»Okay«, gab Adana gedehnt zurück. Es klang so, als wisse sie selbst nicht genau, was sie wollte. Gedankenverloren spielte sie mit einem Stückchen von ihrem Croissant herum und steckte es dann in den Mund.

»Marco«, sinnierte sie, ohne den Blick von ihrem Teller zu lösen. »Ich weiß gar nicht, ob ich mich an den Namen gewöhnen kann. Ich glaube, für mich wird er immer Spider bleiben.«

»Frag ihn nachher doch einfach, wie er gern genannt werden möchte«, schlug Suna vor. »Ich bin sicher, ihr findet einen gemeinsamen Weg.«

Adana blickte auf. »Glauben Sie wirklich?«

Suna sah sie ernst an. Sie hatte eigentlich nur von dem Namen gesprochen. Alles andere würde wohl wesentlich komplizierter werden.

»Weißt du«, begann sie ernst, »ich fände es wirklich schön, wenn du ihm in der nächsten Zeit beistehen könntest. Aber das geht nur, wenn du dich selbst gut dabei fühlst. Ganz unproblematisch ist deine Situation ja auch nicht unbedingt. Und momentan trägst du ja nicht nur für dich allein die Verantwortung.«

Adana lächelte. Unwillkürlich wanderte ihre Hand zu ihrem Bauch.

»Du wirst da einiges klären müssen«, fuhr Suna fort, »vor allem auch mit deiner Familie.«

Sofort verdüsterte sich Adanas Blick. »Ich gehe nicht mehr zurück, auf keinen Fall!«, knurrte sie.

»Das verlangt ja auch niemand«, sagte Suna in besänftigendem Ton. »Und die nächsten Tage kannst du erst mal hierbleiben. Aber auf Dauer ist das natürlich keine Lösung. Wenn du willst, versuchen wir zusammen, was für dich zu finden, okay?«

Adana zögerte einen Moment lang, doch dann nickte sie vorsichtig. »Okay.«

Sie wurden vom Klingeln des Telefons unterbrochen.

Als Suna auf dem Display sah, dass es ein Anruf von Kommissar Steffens war, ging sie ins Wohnzimmer und zog die Tür hinter sich zu, bevor sie sich meldete. Sie wollte nicht, dass Adana alles hörte, was sie zu sagen hatte.

»Sie haben einen Volltreffer gelandet!«, meinte Steffens, nachdem er sie begrüßt hatte. »Es war nicht besonders schwer, unsere beiden Freunde zu identifizieren, sie sind nämlich schon gute Bekannte von uns.«

Suna nickte. Damit hatte sie schon gerechnet.

»Der Kerl mit dem Spinnennetz-Tattoo heißt Rolf Breeke«, berichtete Steffens weiter. »Bisher schweigt er beharrlich. Na ja, mal sehen, wie lange er das aushält. Sein Komplize, der Schwarzhaarige, heißt Murat Aslan. Und man kann sagen, er hat einen immensen Redebedarf. Er hat schon alles gestanden: dass sie Leon Brandt die Treppe heruntergestoßen haben, den fingierten Unfall von Jussi Mancini, den Mord an diesem Faxe – von ihm kennen wir leider noch nicht den richtigen Namen, aber das ist nur eine Frage der Zeit. Und Aslan hat auch zugegeben, dass er und Breeke die *Tempus Fugit* überfallen haben. Natürlich versucht Aslan gerade, alles seinem Komplizen in die Schuhe zu schieben. Er selbst war seiner Beschreibung nach nur ein dummer Mitläufer. Angeblich wusste er häufig nicht mal, was Breeke geplant hatte.«

»Ein bedauernswertes Opfer, ja?«, bemerkte Suna in sarkastischem Ton und schüttelte fassungslos den Kopf.

Sie gab sich betont flapsig, doch sie spürte, dass sie beim Gedanken an den brutalen Mord an Spiders Familie eine Gänsehaut bekam. Ihr kamen wieder die Beschreibungen in den Sinn, die die dänischen Fischer von der Situation an Bord abgegeben hatten.

Der Fall hatte ihr mehr zugesetzt, als sie anderen gegenüber eingestehen würde. Sie würde sicherlich einige Zeit brauchen, um wieder zur Ruhe zu kommen, und sie vermutete, dass es Steffens ähnlich ging. Seine Fröhlichkeit wirkte genauso aufgesetzt wie ihre.

»Ich nehme an, der Überfall auf die *Tempus Fugit* war kein normaler Raubmord«, mutmaßte Suna.

»Das sehen Sie absolut richtig«, stimmte Steffens ihr zu. Er war jetzt wieder vollkommen ernst. »In gewisser Weise lag das ja auch nahe, auf der Jacht gab es einfach zu wenig zu holen für den Aufwand, der da betrieben worden ist. Und vor allem gemessen an dem Risiko.«

»Wissen Sie schon, wer dahintersteckt?«, fragte Suna vorsichtig.

Steffens zögerte einen Moment lang. »Okay, Sie werden es ja ohnehin erfahren«, sagte er schließlich, »spätestens beim Prozess. Aslan beschuldigt Maximilian Voss, den Geschäftspartner von Konstantin Reisenbacher. Aus welchem Grund der seinen Kompagnon aus dem Weg räumen lassen wollte, wusste Aslan zwar nicht, aber ich habe da schon so einen Verdacht. Es gab nämlich schon mal Ermittlungen, die in diese Richtung gingen.«

Suna zog die Augenbrauen hoch. »Lassen Sie mich raten: Voss hat in der Firma irgendwelche krummen Sachen gedreht und Reisenbacher ist ihm auf die Schliche gekommen.«

»Die Kandidatin hat 99 Punkte und eine Waschmaschine gewonnen«, lachte Steffens. Leiser und wesentlich ernster fügte er hinzu: »Das ist zwar alles noch nicht spruchreif, aber grob gesagt ging es darum, dass die Firma verschiedene Patente angemeldet hat. Die Pläne dafür soll Voss unter der Hand weiterverkauft haben, und zwar an Firmen in Ländern, die auf dem Index stehen. Die Patente wären nämlich für den Bau von Waffen nicht uninteressant. Entsprechend wird Voss abkassiert haben.«

Suna pfiff leise zwischen den Zähnen hindurch. Das waren in der Tat Dimensionen, die den einen oder anderen Mord erklären würden.

»Dass es so heftig ist, damit hatte ich jetzt ehrlich gesagt nicht gerechnet« gab sie zu. »Ich hoffe nur, dass jetzt wirklich alles ans Licht kommt und dieser Voss verurteilt wird.«

»Darauf können Sie sich verlassen«, erwiderte Steffens grimmig. »Aslan hat gestanden, dass Voss außer sich vor Wut war, weil Marco den Überfall auf die *Tempus Fugit* überlebt hat. Sie hatten ja die ganze Zeit geglaubt, dass er in der Ostsee ertrunken ist. Aber er hat es tatsächlich geschafft, sich nach dem Überfall nach Lübeck durchzuschlagen und hier unterzutauchen.«

»Ich nehme an, er wollte zu seiner Großtante«, folgerte Suna. »Aber die war vermutlich schon tot, als er hier angekommen ist. Das muss für ihn die Hölle gewesen sein.«

»Trotzdem hat er wohl beschlossen, in Lübeck zu bleiben«, berichtete Steffens weiter. »Und eine Weile ist das ja auch gutgegangen. Erst die Nachforschungen von Leon Brandt und Jussi Mancini haben Voss ja darauf gebracht, dass er überhaupt noch am Leben sein könnte. Als die beiden dann zu neugierig geworden sind, haben Aslan und Breeke von Voss den Auftrag bekommen, die beiden zu überwachen und – wenn sie der Wahrheit zu nahe kommen sollten – sie zum Schweigen zu bringen. Marco sollten sie bei Gelegenheit still und heimlich aus dem Weg räumen, möglichst ohne viel Aufsehen zu erregen.«

Suna nickte nachdenklich. »Ja, so was in der Art habe ich mir schon gedacht. Dieser Voss scheint wirklich keinerlei Skrupel zu kennen. Für seinen Profit ist ihm anscheinend egal, wie viele Menschenleben dabei auf der Strecke bleiben.«

»Nicht mehr lange«, orakelte Steffens. »Breeke wird schon noch auspacken, aber selbst wenn nicht: Allein mit Aslans Aussage haben wir Voss schon an den Eiern. Und so schnell lassen wir den nicht wieder los.«

Sonntag, 16. Oktober

»Ich habe Adana eben auf dem Weg hierher getroffen. Sie hat Marco besucht. Er liegt immer noch hier im Krankenhaus, soll aber morgen früh entlassen werden. Zum Glück geht es ihm schon viel besser. «

Henrike lächelte ihren Bruder an und streichelte sanft seine Hand.

Wie jeden Tag hatte sie ihm aus einem seiner Lieblingsbücher vorgelesen. Inzwischen hatte sie das Buch jedoch zugeklappt und zur Seite gelegt. Ihr ging so viel im Kopf herum, dass sie es einfach nicht schaffte, sich auf das Vorlesen zu konzentrieren. Immer wieder schweiften ihre Gedanken zu den Ereignissen der vergangenen Tage ab.

»Die Staatsanwaltschaft ist gerade dabei, Beweise gegen diesen Voss zu sammeln«, erzählte sie. Ein gequältes Lächeln breitete sich auf ihrem Gesicht aus. »Stell dir vor, sie haben den Wagen gefunden, mit dem Jussi Mancini angefahren worden ist. Er stand in einer Garage, die Voss' Firma angemietet hat. Ich glaube kaum, dass er sich da jetzt noch rauswinden kann. Und wenn sie ihm jetzt noch seine illegalen Geschäfte nachweisen, wird ihn das Gericht bestimmt auch dafür verurteilen, dass er den Mord an den Reisenbachers in Auftrag gegeben hat. Immerhin hat inzwischen auch der zweite Mann, den Voss angeheuert hat, dieser Breeke, alles gestanden.«

Nachdenklich musterte Henrike die Wunden an Leons Kopf. Die Pflaster waren entfernt worden, sodass die einzelnen Stiche, mit denen die Wunden genäht worden waren, deutlich erkennbar waren.

Insgeheim hatte sie gehofft, dass Leon aufwachen würde, wenn er erfuhr, dass der Fall gelöst und die Schuldigen festgenommen worden waren. Sie hatte gedacht, dass sich vielleicht irgendeine Art von Blockade in seinem Kopf lösen würde.

Aber da habe ich mir wohl was vorgemacht, sagte sich Henrike deprimiert.

»Gestern haben Jussis Eltern bei mir angerufen und sich bei mir bedankt«, berichtete sie weiter. Trotz ihrer niedergeschlagenen Stimmung bemühte sich um einen lockeren, unbefangenen Tonfall. »Sie waren erleichtert, dass ihre Tochter nicht allein war, als sie gestorben ist. Auch wenn ich ihr nicht wirklich helfen konnte.«

Plötzlich stutze sie.

Sie war sich ganz sicher, dass sie etwas gehört hatte. Etwas, das wie ein leises Röcheln oder ein leichtes Krächzen geklungen hatte.

Aber das konnte nicht sein!

Oder doch?

Wie gebannt starrte sie auf Leons Mund. War das möglich? Versuchte er tatsächlich, ihr etwas zu sagen?

Als sie sah, dass seine Lippen sich bewegten, hätte sie beinahe laut aufgeschrien.

Doch sie riss sich zusammen, beugte sich vor, bis ihr Ohr ganz nah an seinem Mund war. Dabei zitterte sie vor Aufregung.

»Was?«, flüsterte sie. »Was willst du mir sagen?«

»Das hast du.«

Leons Worte kamen krächzend und waren kaum zu verstehen. Aber sie reichten aus, dass Henrike Tränen über die Wangen liefen. Sie griff nach seiner Hand und drückte sie vorsichtig. Als er den Druck kaum spürbar erwiderte, hätte sie beinahe vor Glück aufgeschluchzt.

»Du meinst, ich habe ihr geholfen?«, fragte sie aufgeregt.

Er schaffte es mit viel Mühe, ein Nicken zustande zu bringen.

»Und mir auch«, krächzte er. »Danke.«

- Ende -

16909222R00127

Printed in Poland
by Amazon Fulfillment
Poland Sp. z o.o., Wrocław